전설의 평양

- 본서는 2013년도 일본국제교류기금의 보조금에 의한 출판물이다.

  本書は平成25年度日本国際交流基金の補助金による出版物である。

- 본서는 2013년 정부(교육인적자원부)의 재원으로 한국연구재단의 지원을 받아 수행된

  연구(KRF-2007-362-A00019)이다.

일본명작총서 18

식민지 일본어문학 · 문화 시리즈 14

젼셜의

의

평양

저자 | 핫타 미노루
공역 | 김계자 · 정병호

學古房

일제가 엮은 여전히 낯선 평양 ••

    최근 '통일'이라는 화두가 연일 매스컴을 통해서 전해지고 있다. 정부가 제시한 정책적인 영향이나 민족주의적 관점이 아니더라도, 향후 한국의 발전을 위해서는 통일이 꼭 이루어져야 할 것이다. 그런데 가만히 생각해보면 화두만 무성할 뿐, 정작 손에 잡히는 실체는 아직 느껴지지 않는다. 통일의 준비가 비단 정치, 경제, 사회적인 측면뿐만 아니라 문화적인 측면에서도 이루어져야 할진데, 아직 요원해 보인다. 남북이 분단된 지 60년을 훌쩍 넘은 현재, 여기에 『전설의 평양』을 내면서 본래 하나였던 한반도의 전설이 왠지 낯설게 느껴지는 대목은 분단 이후의 불통의 시간에, 일제에 의한 왜곡된 해석이 가세한 탓이리라.

    『전설의 평양(傳說の平壤)』(平壤商工會議所)은 일제가 펴낸 식민지 조선의 자료집으로, 1943년 7월에 핫타 미노루(八田實, 八田蒼明)가 집필을 맡았다. 핫타 미노루는 이보다 앞서 1937년 3월에 동명의 책을 평양명승구적보존회(平壤名勝舊蹟保存會)에서 발간한 적이 있는데, 1943년에 내용을 보완해 다시 펴낸 것이다. 본서에서 번역하고 있는 저본(底本)은 1943년에 나온 평양상공회의소 판본이다.

핫타 미노루는 『전설의 평양』「서(序)」에서 『평양매일신문』 지상(紙上)에 백여 회에 걸쳐 연재한 중에서 선정해 책을 엮었다고 밝히면서, "시(詩)의 도읍지에서 웅장하게 대동아전쟁 생산 진영의 일익으로 활약하는 '동(動)'의 평양, 이곳 일대에 집적된 기록을 가지고 있는 이곳은 '정(靜)'의 평양의 모습이다."고 적고 있다. 또 본서의 발간을 맡은 평양상공회의소의 야기 도모히사(八木朝久)는 "'정(靜)'의 방면에서 본 평양의 모습이 반드시 '동(動)'에 대응하는 큰 힘이 될 수 있을 거라는 확신"을 가지고 있다고 하면서, 이른바 '대동아전쟁' 완수를 위해 국민 동원 강화를 도모한 매월 8일의 '조칙봉대일(大詔奉戴日)'에 날짜를 맞춰 발문을 적고 있다. 즉, 일제강점기에 평양의 모습은 일본이 전쟁을 수행하는 데 "생산 진영의 일익으로 활약하는" 북방 경제권의 중심 도시였던 것이다. 이러한 평양에 전해져 내려오고 있는 전설이 어떻게 표현되고 있는지 그 내용을 간단히 살펴보자.

1913년에 조선총독부는 내무부 학무국 주재로 전국 각 지역의 전설 동화 등의 민간전승 이야기를 조사케 하였다. 사실 일제는 이미 이전부터 한국의 설화에 많은 관심을 보여 왔다. 예를 들면, 1912년에 다카기 도시오(高木敏雄)가 펴낸 『일본 신화전설의 연구』를 보면, 본서에 평양의 전설로 소개된 내용과 유사한 「혹부리 영감」이나 「두더지 혼인」 등의 이야기를 찾아볼 수 있다. 그리고 1913년 조선총독부 조사를 전후해서 다카하시 도루(高橋亨)의 『조선의 이야기집(朝鮮の物語集)』(1910), 미와 다마키(三輪環)의 『전설의 조선(傳說の朝鮮)』(1919)등, 조선의 전설에 관한 문헌들이 나오게 된다.

일제는 당시 '전설'을 "신앙을 기초로 해서 발생한 이야기 체재를 갖춘 전승"이라고 정의하고, "전설은 신화와 역사의 중간에 위치해 신기(神祇)를 중심인물로 하는 점에서는 신화에 접촉되지만 형식에 중점을 둬 한 편의 이야기로 독립된다는 점에서는 역사적 이야기에 접촉된다."고 정의하고 있다. 유구한 역사와 풍부한 설화를 간직하고 있는 평양은 과연 전설의 고도(古都)답게 많은 이야기를 간직하고 있다.

『전설의 평양』에는 평양의 중심부를 흐르는 대동강

• 강재철 편, 『조선 전설동화 -조선총독부가 1913년에 전국적으로 실시한 설화 자료 조사 보고서-』上, 단국대학교출판부, 2012, p.13.

• 高木敏雄, 「日韓共通の民間說話」, 『東光之光』, 1912.11. 조희웅, 「한국어로 쓰여진 한국설화/한국설화론(1)」, 『어문학논총』(2005.2, p.11)에서 참고함.

• 「傳說の意義(一)」 『文敎の朝鮮』, 1927. p.51.

과 그 지류인 하류의 보통강, 합장강에 얽힌 전설을 비롯해 기자정전(箕子井田), 모란대(牧丹臺) 등, 지명에 관련한 전설을 다수 수록하고 있다. 또, 고상한 도덕 품성을 가진 인물 이야기나 동식물 등 자연에 얽힌 내용도 수록되어 있다. 그런데, 평양의 전설 하면 누구나 흔히 떠올릴 듯한 '봉이 김선달' 이야기가 전혀 보이지 않는 점은 좀 이상하다. 또, 북한에서 간행된 『평양전설』(김정설 편, 사회과학출판사, 1990)과 『전설의 평양』을 비교해보면, 왕성탄 이야기나 계월향, 감북산, 청녀못, 은혜를 갚은 까치, 주암산, 목침의 조화, 평양에 내린 신선, 쥐의 구혼 정도의 이야기가 겹칠 뿐이다.

　여기에 핫타 미노루가 엮은 『전설의 평양』은 평양과 관련된 일본인의 이야기도 섞인다. 「왜선기담(倭船綺談)」은 일본에서 수십 척의 왜선이 구미포 근처에 상륙하면서 돈 많은 한 남자가 피난 갈 때 숨겨두고 간 재산에 얽힌 이야기로, 아름다운 이야기로 만들어진 것을 제목에서부터 알 수 있다. 또, 임진왜란이나 고니시 유키나가(小西行長)에 얽힌 이야기도 몇 편 수록되어 있는데, 「패배무사」 이야기는 고니시 유키나가의 군세가 평양을 퇴진할 무렵의 이야기로 두 패배무사가 평양의 대동군 어느 산촌에서 할복한 이야기를 적고 있다. 그리고 「기생의 솥」은 진시황제가 불로불사의 약초를 볶아 영약을 만들었다고 하는 솥을 고니시 유키나가가 소지했다가 평양에 남기고 갔다는 이야기를 적고 있다.

이 외에도, 근대 일본화단의 거장으로 일컬어지는 요코야마 다이칸(橫山大觀), 도쿄제국대학 공과를 졸업한 뒤 사찰 건축과 보존 수리에 종사한 세키노 다다시(關野貞), 도쿠가와(德川)막부 시대에 공평한 판결을 내렸다는 명재판관 오오카 에치젠(大岡越前) 등의 이야기가 평양의 전설 속에 끼어 있다. 또, 「영제교(永齊橋)」이야기에서는 "대동아건설의 선구가 되어 멀리 대륙으로 정의의 깃발을 들고 나아간 사람들이 제패 중에 쓰러진 마음을 그리며 잠시 머물러 선 채 비석을 차마 떠나지 못했다."는 핫타 미노루의 술회가 보이는 등, 서술의 시점이 일본인에 의해 재구성된 방식도 보인다.

이상과 같이 일제강점기에 편찬된 『전설의 평양』은 평양의 고유한 전래 이야기만 수록한 것이 아니라, 일제에 의해 변색된 이야기를 포함하고 있는 것이다. 일제강점기에 대동강에 면한 평양 성터의 빈민지대인 토성랑(土城廊)을 김사량(金史良)은 다음과 같이 묘사하고 있다.

모든 것이 장송(葬送)처럼 처참하였다.

검게 물든 하늘도.

두려워서 정신을 잃은 들판도.

범람하는 도랑도.•

    고색창연했던 평양은 일제강점기를 거치면서 '장송'처럼 혼을 잃었으며, 이후 이어진 남북 분단과 냉전 지속으로 어색하고 생경한 곳이 되어버렸다. 사천년의 숨결을 간직한 고도 평양의 전설이 다시 살아 돌아올 날을 기다리며 본서를 내어놓는다.

    마지막으로 본 역서가 나올 수 있도록 지원을 아끼지 않은 일본국제교류기금, 한국연구재단, 그리고 학고방의 박은주 차장님께 감사의 마음을 전한다.

2014.3

김계자

• 金史良, 「土城廊」, 『堤防』, 1936.10. 인용은 김재용・곽형덕 편역, 『김사량, 작품과 연구 1』(역락, 2008) p.33 에 의함.

10

서 序 ••

    사천 년의 숨결을 간직해 온 평양은 천연자연 모두가 기록의 연속
이다.

    시(詩)의 도읍지에서 웅장하게 대동아전쟁 생산 진영의 일익으로
활약하는 '동(動)'의 평양, 이곳 일대에 집적된 기록을 가지고 있는
이곳은 '정(靜)'의 평양의 모습이다.

    「평양의 전설」 및 「낙랑과 전설의 평양」에 채록된 평양 부근의
전설 외에, 또한 귀와 입, 그리고 불완전한 기록에 의해 수집한 미발
표 전설은 육백여 편을 상회한다.

    이들을 어떤 형태로든 정리해 두는 것이 내 취미이자 해야 할 일
의 하나로 여기고 계속 노력하고 있다. 그러나 길은 멀고 언제 피안
을 바라볼 수 있을지 알 수 없다.

    본서는 다행히 평양상공회의소(平壤商工會議所)의 야기(八木) 씨
와 분큐도(文久堂) 주인 아다치(安達) 씨의 원조로 출판하게 되었다.

본서에 수록한 것은 일찍이 평양매일신문 지상(紙上)에 백여 회에 걸쳐 연재한 중에서 선정한 것이다.

1943년 봄
핫타 미노루(八田實)

목차目次 ● ●

13

목차目次 ● ●

15

용왕의 딸

    고려조 성종 시대에 김여인(金麗仁)이라 불리는 진사가 평양성 내에 살고 있었다. 어느 가을 날 남쪽으로 여행을 갔다 돌아오는 길에 황해도에서 배를 타고 대동강을 거슬러 석호정(石湖亭) 부근까지 돌아오자, 해가 짧아진 석양은 서쪽 하늘에 바랜 빛으로 불타듯 비춰 황혼이 가까워졌음을 짐작케 하는 무렵이었다. 뱃사공은 조수를 지켜보고 밤이 어렴풋이 밝을 무렵 평양으로 거슬러 올라가겠다며 저녁식사를 준비하러 배를 언덕의 버드나무 그늘에 갖다 대고 뭍의 농가로 쌀을 구하러 갔다. 김여인은 배 안에 홀로 남겨졌기 때문에 무료한 나머지 예전에 과거시험의 시제로 나왔던 지나(支那)의 시를 소리 높여 읊조리고 있는데, 버드나무 가지에 앉아있던 작은 새가 뭔가에 놀랐는지 갑자기 휙 날아가 버렸다.

갑작스러운 날개 소리에 버드나무 쪽으로 눈을 돌리자 거기에는 어디에서 나타났는지 젊은 여자가 서 있었다. 상당한 가문의 여성스러운 품위가 있는 아름다운 여자로, 어딘지 근심이 있는 듯 우울한 얼굴을 하고 복스러운 양 볼은 하얗게 빛나 보였다. 김여인은 이상히 여기 여자에게 물었다.

"당신은 이런 쓸쓸한 해질녘에 시종도 없이 뭘 하고 있습니까?"

여자는 수심 가득히 대답했다.

"저는 패강(浿江)* 의 용왕 딸입니다. 평양성 밖의 한 집으로 시집을 갔습니다만, 남편도 그 가족도 모두 저를 학대해 아버지 곁으로 돌아가려고 이곳까지 도망쳐 나왔습니다. 그런데 길을 잃어 곤란해 있던 참입니다. 아무쪼록 제 편지를 아버지께 전해주시길 부탁드립니다."

"용왕님은 어디에 살고 계십니까? 제가 갈 수 있는 곳이라면 편지 정도는 별 것 아니죠. 전해드리겠습니다."

"아버지는 연광정(練光亭) 아래에 계십니다. 당신이 제 편지를 가지고 가서 연광정 돌담을 손으로 가볍게 두 번 두드리면 필시 누군가 나올 겁니다."

여자는 허리띠 속에서 작게 접은 붉은색 편지를 꺼내 김여인에게

건넸다. 다가가서 본 여자의 너무나 아름다운 모습에 김여인은 넋을 잃었다.

"저도 약속을 지켜 반드시 편지는 전해드리겠습니다만, 당신도 아버지 곁으로 돌아가게 되면 저희 집으로 와 주시겠습니까?"
하고 마음속에 솟구치는 생각을 바로 말로 꺼내자 얼굴이 확 달아올랐다. 여자는 기쁜 듯이 대답했다.

"바로는 못 갈지도 모릅니다만, 꼭 가겠습니다."

곧이어 뱃사공이 쌀자루를 손에 들고 배로 돌아왔다.

"지금 급한 용무가 생각나서 삯을 후하게 쳐줄 테니 조금 무리를 해서라도 배를 띄워 주게."

김여인은 즉시 석호정을 벗어나 동쪽 하늘이 어슴푸레 밝아올 무렵 대동문(大同門)에 도착할 수 있었다. 긴 여행길의 피로를 풀 틈도 아까워 연광정으로 내달린 그는 여자가 가르쳐준 대로 물가의 돌을 가볍게 두 번 두드렸다. 그러자 한 노인이 물속에서 나타났다.

"지금 용왕님의 사도를 부르신 분이 당신입니까?"

확인할 겨를도 없이 답답해 김여인은 간밤에 석호정에서 용왕님의 딸로부터 아버지에게 전하는 편지를 맡게 된 경위를 소상히 설명했다. 그렇다면 용왕님이 계신 곳으로 안내하겠다면서 노인은 김여

인의 손을 잡았다. 가르쳐준 대로 눈을 감자마자 몸이 자연스럽게
두둥실 떠올랐다.

"다 왔소이다."

노인의 말에 정신을 차려보니 그곳은 붉은 칠을 한 궁전이 몇 채
나 솟아 있었다.

그중 특히 훌륭한 한 궁전에 도착했다. 푸른 구슬이랑 산호로 장
식된 방에서 잠시 기다리고 있으니 비단옷을 걸친 귀인이 많은 신하
들의 보호를 받으며 안쪽에서 나왔다. 비단옷을 걸치고 있는 사람이
바로 용왕이었다. 용왕은 김여인에게 용건을 물었다. 여인은 머뭇머
뭇 품속에서 편지를 꺼내 석호정 버드나무 밑에서 만난 여자 이야기
를 했다. 용왕은 편지를 열어 다 읽자마자 신하 한 사람에게 편지를
건네며 안채로 가져가게 했다. 그런데 갑자기 안쪽에서 많은 여자들
이 웅성거리는 소리가 손에 잡힐 듯이 들렸다. 부탁받은 용건을 마
친 김여인이 막 돌아가려할 때, 용왕은 손을 흔들면서 말했다.

"딸의 목숨을 살려준 은인에게 정성껏 대접을 하고 싶소."

이렇게 말하며 그날 밤 돌려보내지 않고 용궁의 귀한 손님으로 하
룻밤을 성대한 만찬을 벌여 날을 샜다. 다음날 아침 김여인은 많은
신하들의 호위를 받으며 한 여자가 용궁 문을 들어서는 것을 멀리서

20

바라보고 있는데, 그 여자는 아무래도 석호정에서 만난 용왕의 딸인 것처럼 생각돼 한 신하에게 살짝 물어봤다.

"그렇습니다. 시집 간 집안의 가족들이 나쁜 건지 딸에게 죄가 있는 건지 이제부터 재판이 있을 겁니다."라고 가르쳐주었다.

딸의 재판을 기다리다 지친 김여인 앞에 용왕이 나타난 것은 벌써 저녁노을로 하늘이 붉어져 딸을 처음으로 만난 무렵이 되었을 때였다. 딸이 당신 덕분에 목숨을 건졌다, 이제 더러움을 정화시켜 어엿한 여자가 되었다고 김여인에게 이야기를 들려주었다. 용왕의 후한 감사 인사에 간밤에 딸과 한 구두약속도 잊은 채 어느새 멍하니 연광정 돌담 밑에 서 있는 김여인의 손에는 세 개의 자루가 움켜쥐어 있었다. 자루 안에는 엄청난 보석들이 눈도 감지 못할 정도로 찬연히 빛나고 있었다. 꿈같은 일들의 연속에 어디까지가 실제로 있었던 일인지, 어디까지가 꿈인지 망연자실해 있는 여인의 기억 속에 다만 한 가지 사실은 손아귀에 움켜쥔 보석 자루뿐이었다. 이후 여인의 생활은 부는 얻었는데 평범한 세월이 흘러가는 사이에 두 아내를 얻었지만 곧 사별하고 쓸쓸하게 홀아비 생활도 잠시 이어지다, 다시 친구가 권해 시골 아가씨를 세 번째의 아내로 맞이하였다. 세 번째의 아내는 언젠가 어딘가에서 여인의 흐릿한 기억 속 뿌연 가운데에서 되살아난 여자의 모습이었다. 아무리 생각해도 잘 생각해내지 못하고 지내다, 이윽고 한 아이가 태어났다. 삼 년째의 일이다. 아내는 김여인을 향해 말했다.

"저는 실은 용왕의 딸입니다. 둘 사이에 아이가 태어났으니까 당신의 생명은 불로불사입니다."

이렇게 말하고는 비로소 과거의 꿈속 세계의 추억을 현실로 돌이킨 이야기를 들려주었다. 그 후 몇 년이 지나도 김여인 부부는 늙지 않아 이웃사람들이 기이하게 여겼지만, 아이가 적령기가 되자 아내를 맞아들이고 집을 물려준 뒤 부부는 여행길에 올라 그 모습을 두 번 다시 평양에서 볼 수 없었다.

금 촛대

지금으로부터 삼백 년도 오래된 옛날, 평양 남문 밖에 한 노파가 살고 있었다. 부정한 종교를 믿으며 교묘히 요술을 부리고 있었다. 노파에게는 한 여자아이가 있었는데, 날 때부터 현명해 노파가 부리는 요술을 가르쳐주지 않아도 어느 틈에 기억해 버렸다. 이 여자아이는 이웃에 사는 한 남자와 서로 좋아하는 사이가 되었다.

어느 해의 일이다. 기근 때문에 도적이 날뛰어 평양은 도적들 난동의 소용돌이에 휘말려 노파도 딸도 사랑하는 남자도 도적의 포위진에 빠져 내일을 알 수 없는 위기가 닥쳐오고 있었다. 딸은 노파가 부리는 요술 중에서 쥐새끼로 변하는 술수를 남자에게 부려 함께 도적의 포위에서 빠져나올 수 있었다. 평양을 멀리하고 동쪽으로 도망가 작은 농촌에 정착한 두 사람은 집 한 칸을 빌려 거기서 즐거운 부부생활을 시작했다. 목숨만 겨우 건져 도망친 두 사람은 여자 머리에 꽂혀있던 작은 비녀를 돈으로 바꿔, 그 돈이 수중에 있는 동안은 매일 놀면서 지냈다.

두 사람이 살고 있는 집 이웃에 큰 부잣집 농민이 있었는데, 겉으로 보기에 부농인 그는 많은 하인들을 집에 부리면서 풍요로운 생활을 하고 있었지만 한 꺼풀 벗겨보면 엄청난 도적의 두목이었다. 평양을 소란스럽게 한 도적도 이 일당이었는데, 어느 날 부하인 거친 남자들이 가마니에 많은 금은보화를 싸들고 두목의 집으로 옮기고 있는 것을 요술쟁이 노파의 딸이 발견하고는 빙긋 웃으면서 사랑하는 남자에게 속삭였다.

"당신, 이제부터는 돈 걱정할 것 없어요. 제가 언제라도 원하는 만큼의 돈을 이웃의 부잣집에서 빌려오겠습니다."

남자가 이상히 여겨 물으니, 여자는 모르는 체하며 종이를 가위로 가늘게 잘라 염라대왕의 모습을 만들어 그것을 새장 속에 숨겨놓고 잠시 뭔가 입으로 주문을 외고 있으니 새장 속에서 이상하게도 똑 하는 소리가 났다.

"괜찮아요. 돈을 빌릴 수 있게 되었어요."

이렇게 말하고 여자는 매우 기분 좋게 남자에게 웃어보였다.

24

그날 밤은 자고 날이 밝았는데, 새장 안에는 넘칠 정도의 금은이 들어있었다. 두 사람은 이 돈으로 즉시 집을 다시 짓고 소를 사서 진정한 백성이 되었다. 이웃과도 친하게 지내기 시작했다. 그로부터 얼마 안 가 이웃집 부농의 아내가 두 사람 집으로 놀러왔다.

　"지난번에는 이상한 일이 있었습니다. 주인이 많은 돈을 벌어 돌아온 날 밤이었는데, 방에 앉아 있으니 지옥의 재판관 같은 남자가 어디선지 모르게 들어와 남편을 향해, 이번에 지옥에서 악인의 이름을 조사해 적는 장부가 만들어졌는데 이는 금으로 만든 촛대에 등불을 많이 밝히고 밤이 되면 장부를 적고 있다. 만약 네가 이 세상에서 저지른 죄악을 소멸시키고 장부에 이름이 적히지 않도록 하려면 천 냥의 금은을 모아 금 촛대를 만들라고 하기에, 놀란 남편이 금은으로 천 냥을 바쳤습니다."
라며 이 이야기를 매우 신기한 듯이 들려주는 것이었다.

노목老木의 요괴

    큰 나무 노목에 신이 들려 여러 가지 기적이나 전설이 남아있는 것은 어느 지역이든 많이 있다. 대동강 기슭을 따라 평양성 외곽에는 지금도 역시 수십 그루의 노목이 정정하게 넓은 하늘로 치솟아 큰 가지에는 몇 가지 옛날이야기를 간직하고 있다.

    강기슭 길을 모란대(牧丹臺) 쪽에서 남쪽으로 향해 내려오면 오른쪽 경사진 곳에 꺾인 전철길이 나온다. 그 삼차로 부근에 수 년 전까지 수령이 삼백 년을 넘은 노목 한 그루가 몇 개 안 되는 가지를 남긴 채 숨이 끊일락 말락 대지에 자라고 있었다. 자동차 사고가 빈발해 이 노목도 교통 장애가 되는 것을 이유로 도끼소리 높게 베어져, 그 잔해는 장작이 되어 몇 줌의 하얀 재로 변하고 가엾게도 현세에서 모습을 감추고 말았다. 부근에 사는 노인들은 벌채한 인부가 내리찍는 도끼의 일격 일격이 이상한 소리를 내면서 노목의 가지에 깊이 파고들어가는 것을 바라보며 이런 나무에 얽힌 옛날이야기의 기이함을 마음속에 떠올렸다고 한다.

성내에 살고 있던 유학자 김판서는 어느 날 저녁 대동강 강가를 지팡이를 짚고 항상 바라보던 웅대한 경치를 즐기며, 새삼 예전에 시인 김황원(金黃元)이 모란대에 올라 시를 지으려고 하루 긴 시간을 시의 착상에 빠져 있었지만 겨우

　　대야동두점점산(大野東頭點點山)
　　장성일면용용수(長城一面溶溶水)

라는 열네 글자를 생각해냈을 뿐 붓을 내던졌다는 심경을, 그럴 만도 하다고 생각하면서 발걸음을 옮기고 있는데 주위에 오가는 사람도 없는 데다 어디선지 모르게 소곤소곤 이야기하는 소리가 울려오는 것을 느꼈다. 잠시 자신의 귀를 의심해봤지만 아무리 생각해도 사람 말소리는 들리는데 사람은 그림자 하나 보이지 않고, 단지 자신 옆에 있는 것이라곤 길가의 느티나무가 가지를 서쪽으로 조금 기울이고 서 있을 뿐이었다. 소리가 울리는 곳을 따라 조용히 따라가

니 아무래도 사람 소리는 노목 주변에서 들려오고 있음을 확실히 알 수 있었다. 의심스러운 표정으로 발길을 재촉해 노목 근처까지 다가가 "누군가 있소?" 하고 말을 걸었더니,

"김판서는 들라."

하고 자신의 이름을 부르는 것이었다. 사람도 없는데 이상하다는 듯이 두리번두리번하고 있으니 다시 큰소리로,

"김판서는 들라."

하고 울려왔다. 노 유학자는 아무리 생각해도 이상해 하는 수 없이 노목 주위를 빙빙 돌아 소리를 내는 사람의 모습을 찾고 있으려니, 또다시 어쩐지 기분 나쁘게 같은 말을 세 번 들을 수 있었다.

요괴에 홀린 듯이 기분이 나빠져 노목의 밑동을 바라보니 거기에 언제 생겼는지 떡 하고 큰 동굴이 뚫려 있고 이제껏 어디서 나는지 알 수 없었던 가는 사람 소리는 분명 동굴 속에서 흘러나오는 것을 알았다. 노 유학자는 비틀비틀 동굴로 끌려가 머리를 동굴 안에 들이밀고 들여다보니 안은 완전히 캄캄했는데 사서를 강의하는 소리나 시를 낭송하는 소리가 들렸다. 좋아하는 길이기도 하여 자신도 모르게 어느새 동굴 속으로 발을 들여 놓았다.

동굴 속은 완전히 신비로운 세계가 전개되고 있었다. 푸르게 우거

진 수목의 산이 있고 맑고 찬 푸른 물로 채워진 샘과 밭이 있고 들이 있으며 그 정경 속에 점점이 초가지붕의 집이 산재해 있었다. 잠시 걸으니 큰 성벽으로 둘러싸인 도읍지가 나타나고 성문 난간에는 '서관제일(西關第一)'이라든가 '강산여회(江山如繪)'라든가 하는 큰 현판이 누구의 필체인지 알 수 없지만 멋진 필력으로 적혀 있어, 왠지 본 적이 있는 성내 광경 같았다.

김판서는 완전히 꿈인지 여우인지 홀린 듯한 기분으로 도성 거리를 다리가 피곤한 것도 잊고 걸어 다니며 구경했다. 신비로운 세계에 빠져든 늙은 유학자가 문득 정신을 차렸을 때는 성내 거리에 황혼이 다가오고 있어 집집 창문에는 희미하게 붉은 등이 켜지고 주위는 점차 밤의 세계가 되었다. 묵을 곳을 찾아 구경은 내일로 미루려고 결심하고 황학관(黃鶴館)이라고 간판이 걸린 여관에 하룻밤 묵기로 했다.

기분 좋게 잠이 얼마나 지속됐는지 알 수 없지만 김판서가 문득 잠에서 깬 것은 아침 해가 동쪽 하늘의 상당히 높은 곳에 올라있을 무렵이었다. 잠자리에서 손발을 충분히 뻗어 간밤에 일어난 일을 떠올리면서 문득 베갯맡으로 눈을 돌리자, 눈앞에 크게 떠 있는 것은 '기린굴'이라고 새겨진 바위였다.

능소화의 정령

　고려조 말에 평양 성내에 정인수(鄭仁秀)라고 하는 수재가 있었다. 인수는 여자라 해도 좋을 만큼 미모의 남자로 평소 동네에 평판이 나 있었다. 어느 해 여름 공부를 위해 많은 서책을 싸들고 성 밖 가까운 곳에 있는 법흥사(法興寺)로 피서를 갔다. 어느 날 인수는 퍼붓듯이 사방에서 요란하게 울어대는 매미 소리를 조용히 들으면서 절의 서원에서 독서를 하고 있었는데, 창밖 정원을 눈에 띌 정도로 아름다운 젊은 아가씨가 초록색 옷을 입고 노파 한 명을 데리고 산보하고 있는 것이 눈에 들어왔다. 지금까지 성내의 아름다운 아가씨를 질릴 정도로 봐온 인수도 이정도의 미인을 본 적이 없어 멍하니 바라보고 있었다. 아가씨는 창문 너머의 인수를 눈치 채지 못했는지 느릿느릿 걸으며 창가로 왔다.

"당신들은 어디에서 오셨습니까?" 하고 인수는 엉겁결에 말을 걸었다. 아가씨는 깜짝 놀란 듯 했지만 그래도 빙긋 웃으며 "할머니, 빨리 돌아가요." 하고 같이 있던 노파를 부르고는 총총히 문밖으로 사라졌다. 인수의 낯빛은 부끄러움에 피처럼 새빨갛게 타올랐다.

그 후 인수의 마음은 완전히 초록색 옷을 입은 아가씨로 가득 차 서책을 펼쳐도 종이 위에 아가씨의 얼굴이 떠올라 공부는 조금도 진전이 없었다. 그 후 책 읽는 것을 그만둔 인수는 이른 아침부터 절을 나서 부근 마을을 헤매고 다니며 한 번이라도 좋으니 그 아가씨를 다시 만나고 싶어 찾아다녔다. 이런 일이 있은 지 열흘이 지난 날 저녁 무렵, 점차 희미한 황혼이 다가올 즈음 아가씨를 찾아다니다 지쳐 피곤한 몸을 서원 창가에 기대고 저물어가는 하늘을 멍하니 바라보고 있자니, 예전에 본 적이 있는 노파가 산문(山門)을 통해 들어왔다. "아가씨의 심부름으로 당신을 모시러 왔습니다." 갑작스러운 노파의 말을 수상히 여기는 인수를 노파는 서둘러 재촉하며 산문 밖으로 데리고 나가자, 아리따운 소녀가 등불이 켜진 등롱을 들고 기다리고 있었다. 해가 모두 진 초저녁 하늘에는 이레 무렵의 저녁달이 어렴풋이 걸려 있었다. 인수는 꿈속을 걷고 있는 듯한 기분이 들었다. 잠시 걷자 초가집 한 채가 나타났다. 노파와 소녀는 앞서 붉은 색 칠을 한 문을 빠져나가 벽돌이 깔린 길로 나아갔다. 길 양쪽에는 노란 꽃이 어렴풋한 달빛을 받아 흐드러지게 피어있었다. 이윽고 큰 연못가에 세워져 있는 집이 붉은 등불에 비춰져 궁전 같은 방이 눈앞에 나타났다. 방안에는 지난 날 만난 젊은 아가씨가 아름다운 비단 이불 위에 조용히 앉아 있었는데, 인수가 다가가자 몸소 일어나 손을 잡고 실내를 안내해 주었다. "당신은 매우 피곤하신 듯 보이니 탕제를 올리죠."라고 말하며 아가씨는 소녀에게 눈짓을 했다. 그러자 아리따운 소녀가 은쟁반 위에 붉은 칠을 한 그릇을 올려 들고 왔다. 인수가 숨도 쉬지 않고 탕제를 다 마시자 몸속이 곧 상쾌해지는 느낌이었다. 아가씨와 인수는 아름다운 장막이 쳐진 방안에서 시문 이야기를 했다. 인수가 돌아갈 때 아가씨는 "저는 능소화 꽃의 정령이니까 앞으로 만나는 것은 저녁으로 해주세요." 하며 부탁했다. 인수는 그 후 이 아가씨와 결혼해서 성내에서 즐거운 생활을 했는데, 집 안의 정원에는 능소화가 가득 심어져 있어 동네 사람들은 누구 할 것 없이 능소화 저택이라고 부르게 되었다. 여자는 평생 외출을 하지 않았다.

도깨비 모임

기성(箕城) 성내에서 바늘을 파는 김태선(金太善)은 목면바늘이
나 비단바늘, 그 외의 바늘을 상자에 넣어 어깨에 짊어지고 십 리 이
십 리 떨어진 시골 산촌까지 행상을 다니며 생계를 유지하고 있었
다. 어느 해 가을 황해도 곡산(谷山) 방면으로 행상을 나갔다. 시골
길 양쪽에는 가느다란 벼가 창끝처럼 뻗어있고 벌레가 울어대고 있
었다. 일 년에 두세 번은 지나다니는 익숙한 길이었기 때문에 조금
무리를 해서 밤길을 달려 곡산 쪽으로 서둘렀다. 그러나 그날 밤은
어찌 된 일인지 길을 헤매다 방향도 알 수 없는 산속에서 길을 잃어,
가는 것도 돌아오는 것도 밤이 새기를 기다려야 본래 길로 나갈 수
있음을 깨닫고 좁은 길가의 돌에 앉아 안정을 취하려고 허리춤에서
담배를 꺼내 느긋이 한 입 두 입 피웠다. 봉우리를 스치는 북풍 소

리, 계곡물 흐르는 소리에 섞여 사람 소리 같은, 혹은 사람 소리가 아닌 듯한 기묘한 이야기 소리가 술렁술렁 들려왔다. 태선은 자주 이야기로 들었던 도깨비(獨脚鬼)의 주연이 아닐까 생각했다. 만약 도깨비의 주연이라면 이를 몰래 들여다보는 것만으로도 재산가가 된다고 전해 내려오는 이야기를 믿고 있었기 때문에 무섭기는 무서웠지만 바라지도 않은 기회라 여기며 발소리를 죽여 이야기 소리가 나는 곳으로 나무 사이를 헤치며 다가갔다. 잠시 가니 계곡이 넓게 트이고 거기에는 큰 절 같은 누각이 밤에 보는데도 명확히 어둠 속에서 떠올랐다. 법당 내의 마루에는 등불이 몇 개나 켜져 있고 지금까지 그림에서밖에 본 적이 없는 얼굴이 새빨간 도깨비가 수십 명이나 둥그렇게 앉아 뭔가 계속해서 높은 소리로 서로 이야기하고 있었다. 태선은 엄청난 광경에 공포도 잊고 호기심이 이는 대로 누각의 뒤쪽으로 돌아가 이윽고 천정의 대들보 위로 숨어 들어갔다. 천정에서 아래의 마루 광경을 바라보고 있노라니, 도깨비 하나가 둥그렇게 둘러앉은 가운데로 나가 손에 쥐고 있던 육 척 정도의 쇠방망이를 쿵쿵 소리 내어 마루에 찧으면서, "금 나와라, 은 나와라" 큰 소리로 외친 순간 쇠방망이 끝에서는 금은의 화폐가 데굴데굴 재미있을 정도로 튀어나왔다. 그때 태선이 천정에 숨어들 때 어깨에서 내려 손에 들고 있던 바늘상자가 넘어져 많은 바늘이 천정에서 도깨비들 위로 머리고 어깨고 할 것 없이 쏟아져 따끔따끔 찔렀다. 놀란 도깨비들은 일시에 일어나 어딘가로 도망가 버렸다. 잠시 이를 보고 있던 태선은 도깨비가 돌아오지 않는 것을 보고 천정에서 내려와 마루 가득 떨어져있는 금은의 돈을 바늘 상자 가득히 주워 담아 그 자리를 도망쳐 나왔다. 그 후 열흘 남짓 지나 풍문에 들으니 태선이 도깨비 모임에 숨어들어간 날 밤 곡산 읍내의 부잣집에서는 몇 채나 수상한 도난이 일어 누구도 숨어든 흔적이 없는데도 금갑에 넣어둔 금은의 돈이 모두 도둑맞았다고 한다.

고구려 왕국 마지막 왕위에 있었던 보장왕(寶藏王)은 신앙심이
두터운 불자였다. 전전대인 제 26대 영양왕(嬰陽王) 22년에 수나라
양제는 고구려를 제압하기 위해 대거 군사를 대륙에서 보냈다. 이때
병대는 하루 13만 3천 8백 명, 깃발이 9백 6십 리에 걸친 대군으로
황제 스스로 병대를 이끌고 23년 요수(遼水)에 이르러 부교(浮橋)
세 갈래 길을 급히 만들어 맞은편 강가로 건너가 대승을 거뒀는데,
나아가 왕성인 평양을 토벌하고자 군대 30만을 보냈으나 양제는 화
살에 맞아 부상을 입고 결국 본국에 패해 떠났다. 고구려군의 이번
대승은 부처의 가호가 두터웠던 덕분에 거둔 승리였다고 상하 모두
깊이 믿어 불교에 대한 신뢰는 더욱 높아갔다. 보장왕은 이번 국난
을 부처의 가호에 의해 모면한 생생한 역사를 이어받아 왕위에 올랐

기 때문에 그 신앙은 완전히 미신에 가까울 정도였다. 보장왕 3년에 당나라 태종 황제가 여러 군사를 이끌고 신라, 백제, 거란에 칙명을 내려 길을 나누어 평양으로 공격해 들어오려 했다. 4년 가을에는 태종 스스로 요동까지 출마해 고구려를 쳤다. 고구려의 패색이 날로 짙어져 보장왕은 하루 종일 사원에 참배하고 승리를 빌었는데, 때마침 엄동의 계절이 되어 추위가 극심해 병사를 이끌고 나갈 수 없어 당나라 병사는 퇴각했다. 이로부터 얼마 후 신라는 문무왕(文武王) 7년(정묘년)에 병사를 북으로 진군케 해 평양을 공격했는데, 그 세력이 강해 보장왕은 마침내 적조선사(寂照禪師)를 궁중으로 불러 국군 승리의 기원을 올림과 동시에 궁중에 소장되어 있던 불상과 경전을 안전한 장소를 옮길 것을 명하고, 또 적조에게 향 피우기를 끊이지 않도록 엄히 명했다. 왕명을 받은 적조선사는 궁중의 불상과 경전 및 평양의 사원에 있는 불상을 모조리 도제 이백여 사람에게 가마를 들게 해 보호케 하여 평양의 북쪽 용문산으로 옮겼다. 용문산은 산수가 빼어나고 산자락에 큰 석굴 하나가 있었는데 불상의 안치에는 가장 안전한 신비경이었다. 선사 일행이 평양에서 옮긴 교전(敎典)과 불상을 비호하며 석굴에 기거한 지 일 년이 넘었는데, 왕성 지역의 전화(戰禍)도 간신히 가라앉았기 때문에 다시 평양으로 돌아온 적조선사는 그 이후 석굴 동쪽 2리(里) 지점에 이번 인연을 기회로 절 하나를 창건하고 칙원소(勅願所)로서 용문사(龍門寺)라 불렀다. 용문산(龍門山)은 지금의 평안북도 영변군 용산면에 있는데, 산자락의 석굴이 지금의 동룡굴에 해당한다.

세 가지 보물

　　보통문(普通門) 안에 사는 박대진(朴大盡)의 자식은 아들만 셋 있었다. 박대진이 죽을 때 여유 있는 재산을 세 가지로 나눠 자식들에게 같은 액수만큼 주고 이 세상을 떠났다. 장남은 물려받은 재산을 아름다운 기생에게 탕진하고, 둘째는 이를 종자돈으로 장사를 시작했다. 셋째는 매우 정이 깊은 성격으로 돈은 벌려고 하면 또 벌 수 있다고 생각하고 물려받은 재산을 전부 돈으로 바꾸어 가난한 사람에게 주고 말았다.

　　성내 제일이라고 불리는 박대진의 집도 이런 꼴이니, 3년째에는 겨우 차남이 인간다운 생활을 영위하는 정도이고, 장남은 거의 거지 신세가 되어 하루하루를 보내고 있었다. 막내는 하루벌이 노동으로 겨우 좁쌀죽을 먹고 살았다.

불심이 두터운 막내는 마침내 시골로 가서 산사의 하인이 되어 아침저녁으로 독경하는 소리와 종소리를 들으며 열심히 일해 자신이 스스로 살아갈 보람이 있는 생활을 보내고 마음의 수양에 전념했다.

산사의 하인 생활도 1년, 2년 세월이 흘러 마음만은 어엿한 인간다움을 얻을 수 있었다. 10년을 지낸 산사를 떠나 재기의 생활에 발을 들여놓으려는 날 아침, 절의 노승이 셋째를 곁에 불러 말했다.

"네 10년간의 하인생활은 성현도 해내기 어려운 정도의 수양인지라 하산의 선물로 내 자그마한 마음을……"

이렇게 말하며 더러운 술병 하나와 조각조각난 한 장의 거적, 그리고 젓가락을 건네주었다. 셋째는 너무 생각지 못한 선물이라 조금 어이가 없었지만 노승이 준 것이니만큼 어딘가에 도움이 될 것이라고 생각하고 깍듯이 감사말씀을 올리고 산을 내려왔다. 산에서 마을로 기쁘고 들뜬 마음을 안고 셋째는 시골길을 평양을 향해 서둘렀는데, 해도 떨어지고 저녁 어둠이 밀려와 하룻밤은 노방의 잡목림에 들어가 노숙하기로 하고 잔디 위에 앉아 있으려니, 문득 떠오르는 생각이 있어 노승이 준 거적을 풀 위에 펼치고 그 위에 앉아 보았다.

그러자 이상하게도 그 거적은 갑자기 멋진 한 칸 방이 되어 아버지가 살아계실 적에 살던 집보다 훨씬 훌륭한 가재도구가 있는 방에 편안히 기거할 수 있었다.

거적의 기적에 놀라 시험 삼아 더러운 술병을 기울여보니 이 또한 신비하게도 백만장자의 생활을 떠올리는 듯한 마실 것과 먹을 것이 술병의 작은 구멍에서 나타났다. 날이 새서 셋째는 길을 서둘러 평양으로 가서 우선 큰형을 동네 거지생활에서 데리고 와 거적을 건네어 멋진 집에 살게 한 다음, 작은형에게는 젓가락을 주었다. 자신은 매일 더러운 술병 하나를 허리춤에 차고 두 형의 집을 방문해 술병에서 먹을 것을 흔들어 꺼내어서는 둘에게 주었다.

셋째는 두 형에게 모두 장수의 천수를 누리고 죽으라고 한 뒤 자신은 모란대의 영명사(永明寺)에 들어가 예전의 하인생활을 하며 노후를 보냈는데, 가지고 다니던 술병은 영명사에 들어갈 때 산 중턱에 구멍을 파고 묻어 버렸다. 누군가 이 이야기를 전해 듣고 큰 바위에 '장방호(長房壺)' 세 글자를 새겨 넣었다.

은^銀 화살

비단실 같은 봄비가 내려 길을 가는 고리 모양 우산이 요염하게
그림처럼 느껴지는 무렵이다. 대동강 기슭의 버드나무가 비에 뿌옇
게 되어 낙랑의 고도를 감싸고 있는 교외 일대는 요코
야마 다이칸(橫山大觀) 이 그리는 수묵화로 변해간다. 시

• 근대 일본 화단의 거장
(1868–1958)

의 나라의 꿈속에 머물러 있는 듯한 자연의 품에 내리는 봄비, 뿌연
버드나무, 그리고 적토의 언덕도 밭도 길고 긴 겨울잠에 더러워진
차가운 얼음옷을 한 겹 한 겹 벗고 봄으로 엷은 화장을 한다. 부드
러운 비에 대지가 맑아진 낙랑군 치하의 북쪽 언덕에는 부락의 아이
들이 삼삼오오 모여 밭의 적토 속에 섞여 2천년의 꿈을 탐한 작은
유물을 주워 모으고 있다.

토성 터(군 치하의 터)의 밭 가운데에서 낙랑시대 한인(漢人)의

- 옛날 중국에서 문서 같은 것을 묶고 봉할 때 사용한 아교질의 진흙덩어리
- 원통형의 가느다란 구슬

손에 의해 만들어진 물건들이 많이 발견되었는데, 부락의 아이들이 마음대로 주워온 유물의 주된 것에는 동으로 만든 화살촉, 돌이나 유리로 만든 작은 구슬, 봉니(封泥), 동으로 만든 도장, 관옥(管玉) 등이 있었다.

언젠가 토성리(土城里) 부락의 아이 손에 주워온 은 화살촉이 하나 쥐어져 있었다. 토성 안에서 주워온 유물 중에 화살촉만은 그 수가 매우 많았는데, 아군의 것은 적고 대부분은 적군에서 쏜 화살이었다. 한 아이가 주워 들고 온 은 화살촉은 동 화살촉의 수와 비교해서 천에 하나 정도로 완전히 진귀한 것이었는데, 이야기는 단 하나의 화살촉에 얽힌 낙랑군 이래 421년의 호화시대에 막을 열었다.

한나라 무제가 패업을 이루어 낙랑 외에 세 군의 치제가 확립된 뒤 만주 대륙에 있던 고구려는 판도의 일부가 불과 고구려현에 지나지 않았지만 과감한 역대 고구려왕은 아리나레의 큰 강(압록강)을 동으로 건너 낙랑 다음에 나올 시대의 실현에 필사의 노력을 기울여 왔다.

아리나레의 큰 강을 동으로 건너면 사시화(四時花)가 보이고, 계절에 상관없이 농작물을 수확할 수 있는 낙토 조선을 꿈에 그린 초대 고구려 동명왕은 어느 때인가 천 자루의

- 사철 피는 꽃이라는 뜻으로 무궁화를 일컬음

은 화살촉을 만들게 해 이를 제단에 바쳐 제사를 지내고 산, 바다, 강, 하천의 진미를 바쳐 "천 자루의 은 화살로 적장을 한 사람 한 사람 정복하게 하소서. 천 자루 은 화살이 다할 때야말로 적국이 망하고 내 나라가 동쪽의 낙토에 새로운 건국의 기쁨을 맞이하게 하소서." 하고 28일간 하늘에 기원을 계속 올린 다음, 열 명의 군장에게 나누어 주었다. 왕명을 받고 천 자루의 은 화살을 받은 군장들은 왕국의 번영과 함께 부모에서 아이로, 그리고 손자에게 전해 싸움 한 번에 한 자루를 적장의 저격에 써서 일발 명중하기를 염원하며 쏘아 항상 승리의 노래도 드높이 계속해서 전승했다.

낙랑 정패의 웅장한 판도를 잇는 고구려시대의 그 시절은 한인으로부터 모든 박해와 모욕, 혹한 대우를 수없이 받고 온갖 가난과 결핍, 비탄을 맛본 시대였다. 끝없이 계속 닥쳐오는 업보에 국민은 울었다. 그러나 불타는 패업의 즐거운 꿈을 실현시키기 위해서는 국토를 일시에 초토화시키는 것도 한두 번이 아니지만 오로지 참고 견디어 어려운 때를 극복하며 매진해온 고구려의 상하는 싸울 때마다 몇 자루씩인가는 줄어들어 열 자루의 은 화살로 최후의 승리를 확신하고 동진의 희망을 버리지 않았다.

비단실 같은 봄비에 부드럽게 씻긴 한 자루의 은 화살촉이야말로 이 기이한 이야기 속에 새겨진 천 자루의 은 화살의 하나인 것은 의심할 바 없지만, 한의 낙랑군 멸망에 얽힌 은 화살이야말로 지금의 우리에게 무언가를 암시하고 있는 것이 아닐까. 토성 터를 방문하고 적토의 밭에서 단 한 자루의 화살촉을 집어 들어봐도 유적이 많은 고도의 대지는 천 년 이천 년의 역사를 과거의 그때 그대로 이야기해주는 것이리라.

돼지 부자

8백년 정도 옛날의 이야기이다. 평양성 밖의 동북쪽 주암산(酒岩山) 기슭에 가난한 농가가 한 채 있었다. 가난해서 자신의 밭도 가지고 있지 않거니와 신용을 얻지 못하는 불쌍한 신세여서 남의 밭 소작도 할 수 없을 정도라, 매년 여름이 되면 반드시 홍수 때문에 흘러나가는 합장강(合掌江)의 강기슭에 몇 잡곡을 심어 생활에 보태고 있었다. 그러나 이 빈농 일가의 단 하나 장점은 그야말로 정직한 것이었다. 어느 해 농촌에는 대 흉작이 들어 곳곳에서 굶어죽는 자가 많이 나오는 끔찍한 일이 있었다. 빈농 일가에서는 먹을 것도 없어 풀뿌리나 하천의 물고기를 잡아 연명하고 있었다. 어느 날 빈농 일가에서는 잡초 뿌리를 냄비에 끓여 식사 준비를 하고 있었는데, 한 초라한 여자가 일곱 정도 되는 여자아이의 손을 잡고 이 빈농의 처마 밑에 서서 구걸했다. 집이라고 해야 처마가 기울고 벽은 무너져 자면서 하늘의 별이 보이는 빈농이어서 해줄 수 있는 것은 지금 끓이고 있는 잡초 뿌리뿐이었지만, 정직한 주인은 모녀의 구걸에 일가의 연명할 냄비 속 음식을 나누어 주었다. 한 그릇의 잡초 뿌리 죽을 먹은 모녀는 슬픈 신세 이야기를 하고 어느새 작은 보따리 하나와 여자아이를 이 농가에 남겨둔 채 어머니가 모습을 감추고 말았다. 자신의 가족도 먹을 것조차 곤란한 참에 여자아이를 놓고 가버린 것이다. 그러나 농가는 곤란해도 여자아이를 가족의 한 사람으로 키웠다.

다음 해는 매우 풍작이어서 풍년 축하 잔치를 할 정도로 작물의 수확이 좋았는데, 가을 수확기를 며칠 앞두고 갑작스러운 큰 비가 내려 합장강 물이 흘러넘쳐서 이 대로라면 풍작의 기쁨도 홍수로 씻겨나갈 위험에 닥쳐 있었다. 그러자 거지 여자가 놓고 간 여자아이는 발가벗고 큰 비가 내리는 들판으로 뛰어나가 계속 춤을 추면서 목소리를 높여 노래를 불렀다. 신기하게도 여자아이의 노래와 춤이 계속되면서 호우는 멈추고 하천의 물도 금세 적어져 그날 저녁에는 서쪽 하늘 전체에 석양으로 붉어진 하늘이 보이는 맑은 하늘로 변했다. 이후 빈농은 예년과 다르게 부자가 되어 몇 대나 계속되는 부호

농가가 되었다. 그러나 이상하게도 가난했을 때는 남에게 베푸는 것을 아까워하지 않던 이 집이 돈이 모이면서 매우 인색해져 나중에는 부근의 사람들이 돼지 부자라고 부르며 악담을 했다.

지금 주암산 동쪽 합장강을 동으로 건너 밭 가운데에 한 단 정도 높은 곳에 붉은 기와조각이 수 미터 길이에 산재해 있는 장소가 남아있는데, 여기가 돼지 부자의 저택 터라고 전해지고 있다.

화禍의 신

　평양성 안 이위교(二衛橋)의 부윤위문(府尹衛門) 근처에 살고 있
던 정인신(鄭仁信)은 젊었을 때 힘들여 번 돈으로 매우 즐거운 생활
을 하고 있어 지인들 사이에서 부러움을 샀다. 그러나 정씨 일가는
금전적으로는 풍족한 생활이었지만 부부 사이에 아이가 셋 있었는
데 셋 모두 태어나 2년만 지나면 유행병이나 병명도 모르는 급환으
로 죽고 이어 양친도 남동생도 죽어 매우 불행한 생활이었다.

　여러 가지로 미신이 믿어지던 시절이라 무당을 불러 기도도 드리
고 불교도 믿어보고 그 외의 수상한 종교에 빠지기도 했다.

　이러한 가정의 불행이 거듭되자, 정씨는 옛날 자신이 다른 사람을
상당히 울려 돈을 번 기억을 떠올리고 자신의 일가를 덮치고 있는
혈연의 죽음이 분명 타인의 원한에서 왔을지도 모른다고 생각하기

에 이르렀다. 또 세상 사람들도 있는 일 없는 일을 이야기하며 정씨가 젊었을 때 몹시 악인이었던 것처럼 소문이 퍼지게 되었다.

어느 날의 일이다. 불러온 무당이 성대히 기도를 하고 춤을 춘 결과 주인에게 신의 말이라고 하면서 알리기를, "네 재산은 남을 괴롭혀 번 돈이기 때문에 한 번 덕이 높은 도사에게 악기(惡氣)를 떨쳐내는 기도를 올려 깨끗이 하지 않으면 앞으로도 여러 가지로 불행한 일이 끊이지 않고 찾아올 것이다."는 것이었다. 놀란 정씨는 내심 자신이 평소에 걱정하고 있던 흉중의 기우를 정확히 무당이 맞췄기 때문에, 무당에게 덕이 높은 도사를 알고 있느냐고 물었다.

"지금부터 사흘 안에 찾아오는 사람이 도사다."

무녀가 대답했다. 정씨는 그날부터 한 걸음도 집밖으로 나가지 않고 오로지 도사가 찾아오기를 기다리고 있으려니, 사흘 째 저녁에 쉰 정도의 도사 분위기를 한 남자가 대문에서 안내도 고하지 않고 터벅터벅 문 안으로 들어와,

"부정(不淨)한 기운이 떠다니는구나."

라고 멋대로 지껄였다. 정씨는 이는 필시 덕이 높은 도사라고 생각하고 예의를 차려 실내로 안내하고 악기를 떨쳐낼 기도를 부탁했다. 도사는 제단을 뜰에 만들게 해 바다와 산의 진미를 올리고 큰 상 위

에 자신의 재산을 모두 쌓고는, 지금부터 사흘간 악마를 떨쳐낼 기도를 할 텐데 사흘 째 밤은 천상의 악마가 많이 모여 이 재산 안에서 각각 담당하고 있는 악기를 되찾아 하늘나라로 돌아갈 터이니 조금 소란스러울지도 모르지만 결코 엿봐서는 안 된다고 명하고 기도를 올리기 시작했다.

정씨는 완전히 믿고는 있었지만 자신의 전 재산을 잘 모르는 도사 앞에 늘어놓는 것에 일말의 불안을 느껴 사흘 지나는 것이 천년 같은 느낌으로 방에 틀어박혀 기다리고 있었다. 드디어 사흘 째 되는 날 밤이 되어 초경, 이경 깊어지자 뜰에서는 많은 사람들의 발소리가 섞여 울리고 왠지 소란스러운 기색이 실내에 있어도 분명히 느껴졌다. 문득 불안한 마음이 솟구쳐 방 장지문에 작은 구멍을 뚫고 엿보고는, 앗 하는 소리를 내며 정씨는 졸도하고 말았다.

제단과 등불만이 뜰에 외롭게 남아있을 뿐 도사의 모습도 사라지고 재보는 하나도 안 보일 정도로 어딘가로 옮겨진 뒤였다.

지금으로부터 백 년 정도 옛날, 평양을 휩쓸고 다닌 대 도적 일당의 짓이었던 것이다.

화禍의 신

혼을 파는 남자

    2백 년 정도 옛날, 평양성 밖 동대원(東大院)에 매우 지혜로운 한 남자가 살고 있었다. 가난하지만 눈에서 코로 빠질 정도로 영리하고 약삭빠르다는 속담 이상으로 매우 재기 넘치는 남자여서, 친구로부터 여러 상담을 받아 그 보수로 매일 편안한 생활을 영위하고 있었다. 3년, 5년 지혜를 팔고 있었는데, 어느 해의 일이다. 친구 중의 한 사람에게 장사하는 지혜를 빌려주었는데 그 친구가 매우 돈을 많이 벌어 이 지혜가 많은 남자는 더욱 유명해져 평양뿐만 아니라 다른 지방에서도 지혜를 빌리러 오는 사람이 상당히 늘었다.

    그러나 갑에게 빌려준 지혜로 갑이 돈을 매우 많이 번 것을, 을의 남자가 갑의 장사를 쳐서 떨어뜨려 을이 돈을 벌 상담도 호락호락 받아들였기 때문에 지혜가 많은 남자로부터 지혜를 빌려 돈을 번 무리가 매해 평양성 내에 늘수록 지혜를 빌린 무리의 상호 불안은 커져갈 뿐이었다. 이래서는 안심하고 장사할 수 없어 아무래도 지혜가 많은 남자를 장사의 고문으로 모셔 매일 상담을 하지 않으면 성공하지 못하는 상태에 이르게 된 것을 깨달은 상인이 한 명 있었다.

어떻게 잘 구슬렸는지 그 상인은 지혜가 많은 남자를 장사의 고문으로 고용하는 데 성공해 몇 해 가지 않아 막대한 재산을 쌓아올렸다. 그러나 지혜가 많은 남자는 다른 사람에게 장사의 지혜야말로 빌려주기는 하지만 정신적인 응원은 여전히 계속했기 때문에 막대한 재산을 이룬 상인도 돈벌이 외의 일에서는 주위로부터 항상 괴롭힘을 당하기 일쑤여서 부가 곧 행복이라고 말할 수 없는 생활을 어쩔 수 없이 하고 있었다.

어느 날 상인은 지혜가 많은 남자에게 모든 지혜를 사들일 상담 이야기를 꺼내자, 지혜가 많은 남자는 "내 혼을 사게." 하고 대답했다. 상인은 비싸다고는 생각했지만 십만 금을 큰 맘 먹고 내주어 지혜가 많은 남자의 혼을 사서 득의양양하게 장사를 열심히 했는데, 혼을 팔아버린 지혜가 많은 남자의 그 후의 지혜는 돈벌이에는 아무런 도움도 되지 않을뿐더러 착오가 생기는 일 또한 매우 자주 있었다. 상인은 지혜가 많은 남자가 고의로 자신에게 악의를 가진 결과

한 짓이라고 생각하고 지혜가 많은 남자에게 강하게 힐난하자, "혼을 팔아버린 남자는 살아있는 시체와 같아서 그런 남자의 지혜가 돈벌이에 도움이 된다고 생각하는 쪽이 바보 아니냐. 내 혼을 십만 금에 팔았을 때부터 네 것이 되었을 텐데." 하고 대답했다고 한다.

백합공주

먼 옛날의 이야기였다고 들었을 뿐 명확한 시대가 전해지고 있지는 않다. 그러나 보통문이 있었던 시절이기 때문에 이조 중엽일 것이다. 보통문 밖 보통강 풀밭에 폐가가 한 채 있었다. 스물세 살의 젊은 김정무(金鼎茂)는 아직 총각 딱지를 떼지 못한 독신자로 홀로 사는 편안함에서 산삼을 채취하거나 화초를 평양 성내에서 행상하는 쓸쓸한 생활이 그의 일상이었다.

어느 해 초여름, 화초를 캐러 북쪽 산으로 새벽 일찍부터 집을 나섰다. 산에 도착했을 무렵에는 초여름의 태양이 눈에 스밀 정도로 푸른 잎에 내리쬐어 말간 땀조차 흐를 정도의 기온이었다. 산은 곳곳에 붉은 진홍색 꽃을 피운 산 백합이 온통 흐드러지게 피어있어 이것이 푸른 잎의 초록빛을 받아 강렬한 생활력을 느끼게 해주는 광경이었다. 정무는 몇 다발의 백합꽃을 꺾어 낮까지는 평양으로 돌아가려고 하늘의 태양을 바라보며 시간을 조금 계산해 보았다. 그때 가까운 풀숲에서 바스락거리는 소리가 나며 누군가 사람이 있는 기색이 있었다. 정무가 돌아보니 그림에서 빠져나온 듯한 미녀가 손에 두세 그루의 백합꽃을 들고 있는 모습이 얼굴 바로 앞에 있었다. 정무는 갑자기 부끄러운 마음이 솟구쳐 얼굴을 붉히고 있으니 미녀가 미소를 지으며,

"귀여운 백합꽃을 너무 많이 따지 말아 주세요."

하고 정무에게 탄원하는 듯이 말을 걸었다. 정무는 전혀 생각지도 못한 미녀의 말에 답할 말이 곧 떠오르지 않았다. 겨우 "네." 하고 유순하게 대답하는 외에는 순간적인 말이 떠오르지 않았다. 잠시 지나 두 사람 모두 타의 없는 인간 천성의 진심이 통했는지 정무는 그곳에서 그다지 멀지 않은 미녀의 집 대문 앞까지 함께 걸어갔다. 여자의 집은 옛날부터 부호인 듯이 큰 기와의 본채를 중심으로 하인들의 주거도 있고, 저택 주변에는 높게 돌을 쌓은 담장으로 견고하게 둘러져 있었다. 저택 내에서는 말 울음소리나 소 울음소리가 들려오고 현을 뜯는 팽팽한 울림의 거문고 소리조차 새어나와 상당한 집안으로 생각되었다. 정무는 미녀로부터 그 산의 백합은 따지 말아달라

고 굳게 말을 듣고 선물로 백합 뿌리를 한 자루 받아 멍하니 그날 저녁 자신의 집으로 돌아왔다. 2, 3일 얼빠진 모습으로 놀고 있는데 산에서 만난 젊은 여자가 너무 아름다워 머릿속에서 떠나지 않았기 때문에 길을 기억하고 있는 호화로운 저택의 문 앞까지 가봤는데, 여자의 모습은 보이지 않았다. 시간이 좀 지나 대문 안에서 한 남자가 나온 참에 정무는 산에서 만난 이야기를 하면서 이 댁의 아가씨는 어디 있느냐고 물어 보았다.

"아, 당신도 산의 백합공주를 만났군요. 그녀는 이 댁의 아가씨가 아닙니다. 매년 붉은 백합꽃이 필 무렵이 되면 그 산에 나타나는 백합꽃 요정이에요."

남자는 가볍게 대답하고 물러갔다.

이천 년의 등불

    지금으로부터 이십 년이나 전의 일이다. 즉, 1921년부터 1923년에 걸쳐 낙랑 고분의 대도굴 시대였다. 그 무렵 정백리(貞柏里)에 사는 박 아무개라는 자는 탄광의 광부였는데, 고분의 도굴 패거리에 들어가 자주 처녀 묘를 헤집고 다녔다. 1922년 가을도 끝나갈 어느 저녁의 일이다. 세 사람의 동료와 대동군(大同郡) 남관면(南串面)에 있는 산림 속의 큰 전곽분을 도굴했다. 글자로 적으면 도굴이지만 거의 낙랑 유적이 세상에서 존중받지 못하고 그 당시는 떠들썩하게 거론되지도 않아, 학교 관계자 일부에서는 연구라는 명목 하에 백주대낮에도 공공연히 도굴이 행해지던 시대였다. 박 아무개의 동료들은 세 시간이나 지나서 큰 전곽분에 입구를 내는 것에 성공했다. 그들 패거리가 지금까지 한 번도 손대지 못한 정도의 크고 훌륭한 묘로,

입구에 방 두 개가 있고 마루에서 천정까지 사십오 척이나 되었다. 내부는 수만 장의 기하학적인 문양이 아름다운 벽돌로 쌓아올려져 현실(玄室) 입구부터 안쪽 방을 들여다보면 중앙에 붉은 칠을 한 관 두 개가 안치되어 있는 듯, 현실 안은 좁은 통로를 제외하고는 장소가 좁을 정도로 갖가지 부장품이 장식되어 있었다. 박씨는 겨우 몸만 들어갈 정도의 구멍을 통해 현실 안으로 미끌어지듯 들어갔다. 순간 방 내부가 어두울 텐데 옅은 등이 희미하게 비추고 있는 것을 알아챘다. 밤눈으로도 실내의 물건 그림자가 비쳐 어딘가 등불이 있는 것을 깨닫고 깜짝 놀랐다. 처음에는 외부의 사람이 구멍으로 등이라도 넣은 불빛이라고 생각했는데, 지금 자신이 들어온 구멍에는 그런 기색도 없고 차분히 실내를 둘러보니 현실 오른편에 놓여있는 갖가지 부장품 가운데 등불걸이가 있어 가장 위에 있는 등유 접시 위에 지지직 희미한 소리를 내며 희미한 불빛이 켜져 있었다. 박씨는 있을 리가 없는 등불에 잠시 자신의 눈을 의심해 봤지만 분명 기름접시에 검은 심 끝에 곧이라도 꺼질 듯한 불이 켜져 있었다. 이 기묘한 광경을 눈앞에 본 박씨는 벌벌 몸을 떨면서 잠시 안 좋은 느낌이 들어 구사일생 구멍에서 밖으로 기어 나왔다. 덜덜 떨면서 말도 못하던 박씨가 그 자리에서 털썩 쓰러진 것을 이윽고 세 명의 동료가 어깨에 이고 박씨 집까지 데려왔는데, 한 달 이상이나 드러누워 정월 전에 겨우 원기를 되찾았지만 그날 밤 묘 안에서 있었던 기묘한 일은 한마디도 이야기하지 못했다. 곧 박씨는 광부도 그만두고 평양 부(府) 내로 이전해 장사를 시작했는데, 3년 정도 전에 만주로 이주해 갔다.

이천 년이나 지하에 묻혀있던 낙랑 고분의 내부 등불걸이에 지금도 남아있는 등불 하나는 기적이라고 생각할 수밖에 없지만, 외부의 신선한 공기의 침입으로 뭔가 과학적으로 한때 불을 켜는 도구가 있었던 것은 아닐까 하는 것이 박씨가 7년 정도 전에 이 이야기를 처음으로 꺼냈을 때 청중의 판단이었다. 이천 년의 등불의 존재는 부정해도 도굴하는 자의 수를 적게 한 것은 사실이다.

뱀이 지킨 보검寶劍

지금으로부터 삼천 년 정도 옛날이야기이다. 그 무렵은 낙랑의 유적도 고구려 고분도 지금처럼 세상에 알려져 있지 않았다. 도쿄대학 교수인 세키노 다다시(關野貞) 박사 일행이 당시 한국 정부의 촉탁에 의해 평양 부근의 각 시대 유적 조사를 했을 때, 짐을 들고 길안내를 한 농부 한 사람에게 대동군 임원면(林原面)에 사는 박선길(朴善吉)이라고 불리는 서른 살 정도의 남자가 있었다. 고구려 안학궁(安鶴宮) 터나 부근의 산과 들 언덕 위에 있는 고분을 박사 일행의 조사에 동행하는 동안 글자를 읽을 줄 모르는 남자이긴 했지만 유적의 귀중한 것이나 유물이 귀한 걸을 알게 되었다. 여름부터 초가을의 시원한 바람이 조석으로 부는 무렵까지 약 한 달 남짓의 기간이나 길안내를 하며 많은 임금을 받

> • 당시 도쿄제국대학 공과를 졸업하고 사찰 건축과 보존 수리에 종사했다. (1867- 1935)

은 박씨는 조사대 일행이 평양을 출발해 버리자, 집안사람에게 말도 하지 않고 홀로 그때부터 매일 부근의 산에 들어가 고구려 고분을 바라보고 걷기를 일과로 삼았다.

어느 날의 일이다. 산을 넘어 장수원(長水院)의 북서쪽에 위치한 시족면(柴足面)에 소나무가 많이 무성한 산에 발을 들여놓았다. 남쪽으로 펼쳐진 산 중턱의 경승지를 점하고 있는 하나의 큰 봉분을 한 무덤을 발견했는데, 이상하게도 누가 열어봤는지 이 고분의 남쪽에 큰 입구가 뻥 뚫려 있었다. 조심조심 밖에서 안을 들여다보니 입구에서 두 번째 방 중앙에 큰 화강암 테이블이 놓여있고 그 오른쪽에는 길이 사오 척이나 되는 상자가 썩어가는 상태로 안치되어 있었다. 돌로 쌓아올린 큰 방의 석벽에는 사방에서 천정 가득히 아름다운 선녀가 구름을 타고 천상계에 올라 소요하고 있는 그림이 오색 아름답게 그려져 있었다. 조심조심 고분 안으로 들어가니 입구에서 보인 중앙의 큰 석대와 그 오른편의 가늘고 긴 상자만이 실내에 있을 뿐, 그 외에는 아무것도 없었다. 가늘고 긴 상자는 중앙이 엄중하게 끈으로 묶여 있었다. 박씨는 이 상자 안에 뭔가 소중한 물건이 보관되어 있을 거라고 생각해 허리에 감고 온 큰 보자기에 싸서 자신의 집으로 살짝 가지고 돌아왔다. 날이 저물고 나서 안쪽 텃밭에 상자를 꺼낸 박씨는 상자 안에 뭔가 진귀한 물건이 들어있음에 틀림없다고 여러 공상을 머리에 그려 보면서 상자 뚜껑을 낫으로 비틀어 연 순간, 상자 안에서 밤눈에도 새하얗게 보이는 작은 뱀이 몇 마리 꿈틀꿈틀 기어 나와 앗 하고 놀라 엉덩방아를 찧고 말았다. 이 소동에 박씨는 수일간 고열을 내며 자리에 누워 음음 괴롭게 신음하면서 뭔가에 기습당한 듯이 가슴팍을 쥐어뜯으며 괴로워했다.

박씨의 병이 낫고 나서 상자는 다시 원래 고분 방 안에 돌려놓았는데, 하얀 작은 뱀이 도망친 상자 안에는 찬연히 빛을 발하고 있는 아름다운 황금으로 만든 큰 칼이 두 자루 봉납되어 있던 사실이 나중에 박씨의 입에서 새어나왔지만, 그 후는 산으로 땔나무를 주우러 가도 고분 근처에는 결코 다가가지 않았다.

뱀이 지킨 보검寶劍

황금 금화

　강동군(江東郡) 삼등(三登)의 대동강 남강을 따라 있는 어느 부락에 남(南)이라는 성씨를 가진 농가가 한 채 있었다. 큰 전답을 가지고 있는 것도 아닌데 매우 편안한 생활을 하고 있는 것이 부락 사람들에게도 이상하게 여겨질 정도였는데, 그러나 결코 뒤가 켕기는 행위를 해서 생활하고 있는 모습은 없었다. 단지 과도하게 생활비의 출처를 감추고 선조의 일 등은 일절 타인에게 말하지 않아 아버지로부터 자식에게, 그리고 손자에게로 일가의 책임자만이 대대로 전해져 내려오는 일가의 비밀이 있는 것 같았다. 이 남씨 일가는 지금으로부터 십 년 정도 전에 일가 통틀어 도쿄(東京)로 이주해 지금은 도쿄 교외의 무사시노(武藏野)에 살 곳을 마련하고 성씨도 미나미하라(南原)로 바꿨다.

당시 미나미하라 주인이 도쿄로 이주했을 때 대대로 생활비를 어느 방면에서 번 것인지 살짝 들었는데, 이야기는 멀리 약 사백 년도 오래 전의 일로 임진왜란(도요토미 히데요시 대륙 출병)으로 거슬러 올라간다. 고니시 유키나가(小西行長) 군이 명나라 대군에 포위되어 평양성을 탈출할 때, 감정봉행(勘定奉行)*의 밑에서 금으로 만든 궤짝을 지키고 있던 한 무사가 철포 탄에 발이 맞아 소중히 간직하고 있던 금궤와 함께 후퇴하는 군대

• 일본 에도(江戸)시대 직책의 하나로, 재정이나 막부 직할령의 지배 등을 관장했다.

무리에서 낙오되었다가 어느 토착인이 발견해 그 집으로 데리고 가서 극진하게 간호해줘 석 달이나 숨어 있었다. 처음에는 말도 통하지 않고 부상당한 적군 무사를 무슨 목적으로 간호하고 관리에게도 숨겨줬는지 알 수 없었지만, 한 달 지나고 두 달 지나는 사이에 서로 한솥밥을 먹고 있으려니 말이 충분히 통하지 않아도 인정도 샘솟고 속마음도 알게 되어 무사와 남가 일족 사이에는 이제 적이라든가 아군이라든가, 혹은 이국인이라는 감정은 완전히 없어져 버리고 다만 적나라한 인간으로서의 따뜻한 마음만이 통했다. 무사는 다시 고니시의 군대가 평양으로 진격해 올 것을 믿고 있었다. 그때는 충분히 이 지방의 지세도 조사해 놓고 길안내도 하고, 또 말도 잘 기억해 뒤서 통역이 되어 일본군의 편의를 도모하면 지금의 탈주범 같은 오명

76

은 자연스럽게 사라지고 오히려 명예로운 자가 될 것이라고 마음속의 작은 위안으로 크게 깨달아 체념하는 생활을 하고 있었다.

그러던 중에 남씨 집안에 수상한 자가 숨어있다는 소문이 나서, 남씨의 공포는 마침내 무사를 토착인의 풍속으로 변장시켜 삼등의 계곡에서 은거생활을 하게 해 반 년, 일 년의 세월이 화살처럼 지나 무사는 농사일을 기억하게 되었다. 무사는 상당히 노년이 될 때까지 계속 지켜온 금궤를 열어 남씨 일가에게 수백 개의 황금 금화를 주면서 임진왜란으로부터 삼십 년 후에 동쪽 하늘을 사랑스러운 눈길로 바라보면서 쓸쓸히 죽어갔다.

남씨 일가는 무사에게 받은 황금 금화를 산중의 어떤 장소에 묻어두고 자자손손이 전해가며 돈이 필요한 때는 한 개 두 개 꺼내어 쓰면서 오늘날에 이르렀다는 …… 긴 이야기와 함께 황금 십 냥짜리 금화 한 개를 필자에게 보여줬는데, 금화에는 오삼(五三)의 오동(梧桐) 모양이 분명하게 각인되어 있었다.

● 옷의 문양 중의 하나로, 오동나무 꽃이 3-5-3의 순서로 나있는 데서 유래한 표현이다.

도깨비 獨脚鬼

　도깨비에게 가르침을 받으면 굉장한 부자가 된다는 미신은 지금
도 믿는 사람들이 상당히 있다. 도깨비는 한자가 보여주는 것처럼
한쪽 다리의 귀신(요괴)이어서, 이조 고려 양 시대를 멀리 거스르고
또 고구려 시대부터 전해진 것이 아닌가 생각될 정도로 뿌리 깊은
미신의 하나이다. 불교가 전래되기 전에 천지신명에게 제사를 지내
거나 혹은 귀신에게 기원하며 행복을 염원하던 무렵부터 전해진 것
같다.

　선교리(船橋里)에 사는 김재덕(金在德)은 짐 운반하는 일을 가업
으로 안락한 생활을 하고 있었다. 어느 해인가 가을날, 황해도 수안
(遂安)으로 이삿짐을 운반하고 많은 임금을 받은 외에 이전을 축하
하는 진수성찬을 식기에 가득 담아 선물로 받아 집으로 돌아가는 길

이었다. 밤 10시 경 선교리에 벌써 1리(里) 정도까지 돌아왔기 때문에 길 양쪽에 작은 소나무가 무성한 작은 산을 넘었을 때 소변이 마려워 누고 있으려니 갑자기 발밑에서 와글와글 시끄러운 소리가 들려왔다. 분명 조금 전까지만 해도 아무도 없다고 생각한 곳에서 사람소리가 나 놀라서 귀를 기울이니 "내 머리에 물을 뿌린 자는 누구냐!" 하면서 매우 화난 모습이라 깜짝 놀란 김재덕은 미안한 생각이 들었다. 자신의 오줌이 누군가의 머리에 모르는 새에 뿌려진 모양이었다. 사죄하려고 사람 소리가 나는 곳을 보니, 참으로 놀랍게도 거기에는 지금까지 이야기로만 들어온 도깨비가 몇 명이나 모여 뭔가 회의를 하고 있는 모양이었다. 도깨비에게 나쁜 짓을 하면 반드시 보복을 받는다고 들은 적이 있어 무서워져 이는 반드시 사죄해야 된다고 생각하고 갑자기 "용서해 주세요. 나쁜 짓을 한 건 접니다." 하고 소리치며 도깨비가 회의하고 있는 자리로 뛰어 들어갔다. 도깨비 쪽도 갑자기 인간이 뛰어 들어왔기 때문에 잠시 놀란 듯했지만, "뭐야, 너냐? 무례하구나." 하며 의외로 스스럼없이 상대해 줬기 때문에 김재덕은 내심 안도의 한숨을 쉬고 사죄의 의미로 수안에서 멀리 들고 온 진수성찬 꾸러미를 풀어 모두 앞에 대접했다. 그중 한 도깨비가 일어나 어딘가에서 술병을 들고 와 매우 진귀한 인간과 도깨비의 연회가 심야 소나무 언덕 위에서 시작되었다. 평소 정직한 사람으로 소심하게 근근이 살아가던 김재덕도 두 잔 세 잔 거듭된 소주에 취하면서 인간이 완전히 변해 상당한 웅변으로 자신의 가난한 생활이나 처세하기 힘든 일을 설명한 끝에 도깨비로부터 술집을 개업해보라고 연거푸 설득을 받았다. 김재덕은 그날 밤 어떻게 해서 집에 도착했는지 술에 취해 알 수 없었지만 다음날부터 친구나 지인에게 부탁해서 자본을 빌려 자그마한 술집을 개업했다. 일 년 정도는 그다지 손님이 많다고 할 정도는 아니었지만 노동할 때보다는 편하게 돈을 벌었다. 2년 3년 지나자 이상하게도 운이 트여 조금 돈이 모이고 집을 사고 토지를 사 점점 가세가 번성했다. 10년 후에는 부자의 한 사람으로 헤아릴 정도까지 부유해졌다. 김재덕의 저택 터는 지금의 선교정(船橋町) 종방(鐘紡) 공장의 부지에 포함되어 있다고 한다.

도깨비 獨脚鬼

석인石人의 회합

　이조 중기 무렵, 즉 임진왜란이 겨우 진압되고 조금 지난 후의 일이다. 평양을 중심으로 굉장한 미신과 유언비어가 돌아다녔다. 수년간 계속된 돌림병이 유행해 매일 밤 장송 행렬이 거리거리를 모두 메워 민심은 극도의 유언비어 공포에 휩싸였다. 그 무렵 누가 말을 퍼뜨렸는지 대동강 동쪽 기슭 언덕에서 석인의 회합이 매월 말일 한밤중에 열리는데, 이 회합에서 차례차례 사망하는 자가 정해지기 때문에 석인의 회합 석상에서 죽음이 부여되는 것을 피하기 위해서는 회합의 석상에 술안주를 바쳐 죽음의 명부에서 이름을 빼주면 된다는 이야기이다. 이런 유언비어는 민중이 많이 믿고 관리도 또한 이를 의심하는 자가 없는 형국이었다. 성내에 사는 포목점 상인인 박씨는 장사의 적수인 김씨만 죽어준다면 평양 제일의 상인이 될 것이

틀림없다고 평소 생각하며 김씨 일가의 불행을 염원하고 있었는데, 때마침 석인의 회합 소문을 듣고 그믐날 하룻밤 술자리를 대접해 죽음의 명부에 김씨 이름을 써넣어 달라는 야망을 품고 있었다.

며칠 전부터 준비해둔 술안주를 고용인에게 들게 하고 가을 첫 그믐날 밤에 대동강을 건너 밤이 깊어지기를 기다리고 있었다. 풀잎에 우는 벌레소리도 쓸쓸하고 이윽고 밤도 야심해졌을 때 어디에서 몰려들었는지 소리로 봐서는 수십을 헤아릴 정도의 석인의 목소리가 가까이 들려왔다. 석인의 자기소개에 의하면 자신은 황해도 구월산 정씨 묘지에서 왔다든가, 자신은 상원의 산에 있는 안씨 묘지의 사람이라는 식으로 일일이 석인이 세워져 있는 묘의 소재를 말하고 있었다. 곧이어 시중드는 사람으로 생각되는 대성산 묘지의 석인이 "오늘밤의 진수성찬은 평양의 박씨가 보내준 것이다."고 말한 뒤, 일동이 술을 마시고 안주를 먹기 시작했는데, "앗, 이 안주는 썩었어!" 하고 소리쳤다. 이 소리와 동시에 석인의 자리는 와글와글 어수선해져 누군가가 "이런 무례한 안주를 가져온 박씨 일가는 괘씸하니 죽음의 명부 오늘밤 첫 글자로 박씨 아이의 이름을 한 명 벌로 추가해야지."라고 말하자 짝짝 박수소리가 나며 결정이 났다.

이를 듣고 있던 박씨는 혼비백산해 그곳을 도망쳐 자신의 집으로 돌아왔는데, 막내아들이 열을 내며 끙끙 괴로워하고 있었다. 박씨는 너무 무서워 그 다음날 갑자기 장사를 폐업하고 가족을 데리고 개성으로 옮겼는데, 그 후의 모습은 전해지지 않는다.

목침의 괴이함

　이조 말기 무렵의 이야기이다. 여름 어느 날 평양 성내 주작문(남문) 부근의 복덕방 정이훈(鄭利勳)의 객실에 초라한 도사 분위기의 한 노인이 방문했다. 여러 가지 이야기한 끝에 도사와 정이훈은 먼 혈연관계가 있어 친척 왕래를 하게 되었다. 정이훈은 도사를 위해 성내의 죽전리 안쪽 길에 자그마한 집을 빌려 식사를 비롯한 만반의 시중을 들었다. 거의 거지꼴이나 다름없던 모습으로 찾아온 도사 노인은 짐다운 짐을 들고 있지 않았고, 다만 이상하게도 몇 십 년 이래로 익숙하게 써온 초라한 목침 하나를 보자기에 싸서 들고 있을 뿐이었는데, 도사 노인은 집에 있을 때는 물론이고 다른 곳에 외출할 때도 이 초라한 목침을 소중히 보자기에 싸서 허리춤에 차고 나갔다.

　그때까지는 평화로웠던 평양 성내도 동양 전반에 덮친 유럽 방면으로부터의 종교를 선발 부대로 한 문명의 침략 때문에 세상은 왠지 어수선해지고 시시각각 경기가 안 좋아질 뿐으로 복덕방 장사도 부진해, 정이훈은 매일 얼굴이 창백해져 가게에 앉아 있었다. 그래도 도사의 시중은 친절히 다하고 여러 가지로 마음을 써 남들이 보면 노인에게 효도 봉양을 다하고 있다고 보일 정도였는데, 일 년 이 년이 지나도 노인 도사는 딱히 감사히 여기지도 당연한 일인 양 매일 정씨 집에서 보내는 식사를 하고는 어슬렁어슬렁 놀며 지내고 있었다. 도사가 정씨의 시중을 받은 지 삼 년째 되던 해가 저물 무렵 세상의 불경기에 장사가 몹시 손해를 봐 급기야 파산하게 되어, 정이훈은 다가오는 연말의 돈 계산으로 심신 모두 완전히 피곤해 있던 어느 날 밤의 일이었다. 드물게도 노인 도사는 복덕방 앞에 나타나서 주인 정씨 앞에 앉았다.

노인 도사는 허리춤에서 더러운 목침 보자기를 꺼내 정씨 앞으로 내밀면서 "자네는 요즘 뭔가 걱정거리가 있어 얼굴색이 매우 안 좋은데, 하룻밤만 이 베개를 베고 쉬어 보게나. 이튿날 반드시 심신 모두 상쾌해질 테니." 하며 각별히 권하는 것은 아니지만 반쯤은 명령이라도 하는 듯이 자신의 할 말을 하고는 바로 돌아갔다. 정이훈은 노인 도사가 남기고 간 목침에는 아무런 흥미도 없었지만 여전히 이

틀날의 금전 변통으로 밤이 깊어져 자신도 모르게 어느새 몹시 졸려 팔베개를 하고 아무렇게나 가게 안에서 누워 있자니 마침 얼굴 있는 곳에 초라한 목침이 놓여 있는 것을 알아채고 머리에 잠깐 갖다 댄 채로 잠들고 말았다. 몇 시간이나 잤을까, 문득 눈을 떠보니 귓가에서 사람소리가 계속 들렸다. 놀라 정신을 차리고 보니 초라한 목침에서 한 자락 구름이 떠서 가게 안의 금고 있는 쪽으로 끼어 얇은 안개 속을 두 치 정도의 난장이가 몇 명이나 모여 뭔가 물건을 옮기고 있었다. 난장이가 옮기고 있는 물건은 아무래도 돈처럼 보였다. 그대로 아침이 되어 간밤의 일을 꿈으로 여기고 잊고 있던 정이훈이 계산대에 앉아 금고를 열어보니 놀랍게도 금고 안에는 자신이 발행한 차용 어음이 모두 영수증과 함께 내던져 있을 뿐만 아니라 연말 지불에 필요한 돈도 들어 있었다. 곧 거래처의 남자가 여러 명 가게를 찾아와, "어젯밤은 늦게 꾼 돈과 많은 이자까지 받아 이번 연말에는 전혀 기대하지 않은 돈이 돌아와 올해 불경기는 빠져나갈 수 있겠다."고 인사를 하러 왔다. 여우에게 홀린 듯한 일에 즉시 도사의 집을 찾아가니, 도사는 아무것도 모른다는 듯한 얼굴로 행운은 인간에게 일생에 한 번밖에 돌아오지 않는다고 계속 들려주는 것이었다.

까치의 보은

지금은 철거하지 않았지만 평양 성내 종로의 큰 종은 아침저녁의 때를 알려 이 종소리가 울리는 것을 신호로 평양 여섯 문의 개폐가 엄중하게 행해졌다. 사백오십 년이나 오래 전 종로는 부근에 아직 많은 빈터가 있고 수목도 울창해서 봄부터 가을에 걸쳐 나무들 가지에서 까치가 요란스레 울면 아침 종을 치는 것이 종로 문지기의 숙명처럼 때를 그르치는 일이 없었다고 한다.

어느 해 봄에 연광정(練光亭) 부근의 나뭇가지에 첫 까치가 둥지를 틀고 몇 마리의 새끼 까치가 둥지에서 어미 새가 날라주는 먹이를 깍깍 울며 기다리고 있었다. 대동강 기슭 연광정 돌담 속에 오랜 세월 둥지를 틀고 있는 뱀이 까치 새끼를 삼키려고 나뭇가지에서 둥지 안으로 침입해, 작은 새는 깍깍 울며 소란스럽게 악마의 입에서 도망치려 했다. 날개가 아직 충분히 힘이 없는 새끼 새는 날아 도망칠 도리가 없었다.

대동강 부근에서 어슬렁어슬렁 놀고 있던 많은 사람들은 직접 자신의 몸에 닥치지 않은 뱀과 새끼 까치의 약육강식의 싸움을 재미있어하며, 어머나 어머나 하면서 손뼉을 치며 구경할 뿐이었다. 새끼 까치의 위기를 호기심으로 바라보고 있던 군중 속에 종로 종치기 문지기 자식인 대길(大吉)은 가엾게 생각했는지 어디선가 긴 대나무 봉을 들고 와서 둥지 안으로 들어온 뱀을 멋지게 때려 떨어뜨려 새끼 까치를 무사히 구해주었다.

구경하던 군중은 대길을 바보 녀석이라고 말하며 욕하는 꼴이었다.

종로의 종치기 문지기는 관청에서 받은 급료가 얼마 안 되기 때문에 생활에 보탬이 되려고 아버지와 둘이서 조수 상태를 보고 대동강에 작은 배를 타고 나가 낚시를 부업으로 하고 있었다.

어느 날 밤늦은 시각부터 조수 상태가 좋아 부자가 대동강에 낚시하러 나가 새벽 종 치기 전에는 돌아올 예정으로 연신 낚싯줄을 띄우고 있었는데, 그날 밤 하필 수확이 없어 두 사람 모두 피로를 느껴 어느새 작은 배 속에서 잠들어 버렸다.

어디서 살며시 다가왔는지 작은 배 안에는 키가 네다섯 척이나 되는 뱀 몇 마리가 부자의 목을 감으려고 배 밑에서 기어 나왔다.

때마침 연광정 나뭇가지에서 날아간 몇 십 마리 까치가 무엇에 놀랐는지 요란스럽게 울어댔기 때문에 작은 배 안에서 잠들어 있던 부자는 깜짝 놀라 잠에서 깼다. 그러나 주변에는 아직 어슴푸레한 여명조차 들지 않은 한밤중으로 새벽종을 칠 때는 아니었다. 부자를 들여다보고 있던 뱀은 갑자기 대동강으로 도망쳐 들어갔다. 물소리에 놀란 아들 대길은 까치의 보은을 분명하게 깨달았다.

까치의 보은

강선 江仙

고려시대 초기 평양에 선인(仙人)이 한 사람 살고 있었다. 모란대의 소나무 숲속에 자그마한 암자를 짓고 중국의 선인과 깊게 친교를 맺으며 항상 구름을 타고 바람을 불러 대륙을 왕래하고 있었다. 선인의 세계에는 하계 사람들의 생활보다 더욱 엄한 갖가지 약속이 있어 이를 어기는 선인은 즉시 처벌로 하계의 인간 생활로 떨어지는 큰 고민이 있었다. 평양의 선인은 평양 성내의 일부인 모란대에 살고 있는 만큼 인간 세계와도 교섭이 많아 선약(仙藥)이나 신약(神藥)을 병으로 고생하는 사람들에게 베풀어 주었다.

어느 해 성내의 부잣집 외동딸이 병에 걸린 것을 여러 방법을 다 써서 낫게 해줘 그 부자와 매우 교제가 깊어져 식사를 같이 하거나 의복도 선인의 옷을 벗어버리고 인간이 입는 의류를 몸에 걸치게 되었다. 금전의 고마움을 알게 되고 욕심나는 물건이 금전으로 바뀌어

자신의 것이 되는 즐거움을 깨달은 선인은 그 후 선약을 병자에게
베푸는 데에도 약간의 돈을 요구해 재산을 모으기 시작했다. 모란대
의 선인은 삼 년 후 이름만은 선인이었지만 완전히 인간 세계의 생활
을 영위해, 때때로 중국 대륙에서 구름을 타고 놀러오는 선인은 평양
선인의 타락을 싫어해 마침내 천상계의 상제가 죄를 묻게 되었다.

선계의 타락 선인은 어느 날 하늘나라로 불려가 엄한 문책이 행해
진 결과, 평양에 살 자격을 빼앗기고 모란대의 선인 좌석에는 개마
고원(지금의 부전고원)의 선인이 옮겨 살게 되었다. 모란대를 쫓겨
난 타락 선인은 배로 대동강을 3리 정도 내려가 서쪽 넓은 토지를
선택해 거기서 농부생활을 영위하며 쓸쓸한 여생을 보냈는데, 이전
에 병을 치료해준 평양 성내의 부잣집 딸과 결혼해 일남이녀를 두고
백 살 남짓 장수를 누렸다. 선인이 토지를 개척해 살았던 부근에는
띄엄띄엄 다른 인간도 옮겨 살게 되어 훌륭한 하나의 부락이 생겼는
데, 겨울도 매우 따뜻해 대동강의 흐름도 얼음이 어는데 이 부근만
은 얼지 않고 엄동에도 강 속에서 물고기를 낚을 수 있었다. 지역
주민은 모두 선인이 인간계에 강림해 토지를 개척하고 안락한 생활
을 할 수 있는 것을 덕으로 여겨, 지명을 여느 때와 달리 강선(降仙)
의 땅이라고 부르기 시작했다. 이것이 지금의 평남선(平南線) 강선
역 부근의 토지라고 전해지고 있다.

무지개다리

    고구려 조 마지막 왕위에 오른 보장왕(제28대)의 셋째 부인에게
딸이 하나 있었다. 고구려가 멸망할 때, 셋째 부인과 그 딸은 비구니
로 변장해 당나라 군사의 살생의 손아귀에서 간신히 도망칠 수 있었
다. 강동(江東) 산중이라도 따라온 겨우 두 사람의 심복 하인이 강
동의 산 깊은 곳에 이슬과 비를 피할 정도의 이름뿐인 암자를 짓고
방 하나에 들어박혀 두문불출하고 아침저녁으로 불전 앞에서 지금
은 없는 보장왕의 혼령을 모셔놓고 관음경 천 부를 정서(淨書)해 발
원하고 장차 아무런 희망도 이을 수 없는 목숨을 이어가면서 오로지
서적 필사의 완성에 혼신을 쏟아 넣었다.

    강동의 산중으로 도망간 지 삼 년의 세월이 흘러 관음경의 정서도
열 권 정도 더 쓰면 천 부가 완성되는 기쁨이 돌아오는 여름 어느

날의 일이었다. 평양에 주둔한 당나라 군사의 안동군 보호 하에 있는 포졸들이 셋째 부인의 행방을 찾아 암자 근처까지 출몰했다는 소식을 농부로 변장한 시종 한 명이 부락 사람들에게 듣고 돌아왔다. 셋째 부인은 자신의 목숨은 보장왕에게 바치고 순사할 몸이 이렇게 도망 다니고 있는 것도 공주인 자신의 딸을 어떻게 해서든 당나라 군사의 손아귀에서 도망치게 해 그 피를 후세에 남겨 7대 후에도 고구려 왕국 부흥의 끝없는 희망을 이어가기 위해서였다. 이 소문을 시종에게서 듣고 즉시 부처의 가호를 기원하며 조용히 남은 관음경의 필사에 밤낮으로 노력했다. 달력상으로는 아직 여름이지만 사람 사는 곳으로부터 멀리 떨어진 강동의 산중 암자에는 엷은 은 바늘 같은 벼이삭이 고개를 내밀고 자작나무 병든 잎사귀는 팔랑팔랑 소리를 내며 져서 푸르스름한 파란 하늘에는 하얀 구름이 떠있고 이미 벌써 가을이 찾아와 있었다. 벌레 우는 소리도 외롭게, 뭔가에 놀라 우는 소리를 딱 멈춘 벌레조차 마음을 뛰게 하는 셋째 부인의 심중은 가엾게도 쓸쓸했다. 발소리도 거칠게 암자 정원에 발을 들여놓은 당나라 병사 두셋이 시종과 목숨을 건 싸움을 하고 있을 때, 셋째 부인은 관음경 필사를 마치고 책상 앞에 단정히 앉아 조용히 공주를 돌아보며 갈 수 있는 한 깊은 산으로 도망가도록 이른 후, 자신은 황

98

금으로 만든 작은 칼로 훌륭하게 자진했다. 연약한 공주는 정원의 싸움을 바라보며 어머니의 서글픈 자진에 마음을 빼앗기고 있으려니, 어머니가 삼 년 동안 혼신을 기울여 정서한 천 부의 관음경이 기이하게도 한 자락의 흰 구름을 일으켜 그 안에 감싸 넣어버렸다. 시종 둘을 간신히 포박한 당나라 병사가 암자의 방 쪽을 흘끗 보니 이상하게도 암자의 지붕에서 한 줄기 '무지개다리'가 쑥쑥 서쪽으로 뻗어 멀리 오색찬란하게 빛나고 있었다. 흰 구름에 싸인 공주는 이 '무지개다리'를 타고 조용히 서쪽 하늘로 건너갔다.

99
무지개다리

돌아가는 다리

　지금으로부터 백칠팔십 년 전의 이야기이다. 모란대 기슭에 살고 있던 박인길(朴仁吉)은 상인이었는데, 유년 시절부터 배운 학문으로 인격과 수양을 연마하고 항상 시작(詩作)에 흥을 내어 거리 시인으로서 지인에게 존경을 받고 있었다. 백화요란의 반도의 봄이 점차 지나갈 무렵부터 푸른 잎에 아름다운 초여름 날씨는 거리 시인 인걸에게 가장 아름다운 시절이었다. 친한 친구와 둘이서 고방산(高坊山)에서 대성산(大城山)에 걸쳐 두견새 우는 소리를 듣기 위해 하루를 보내는 것이 가장 즐거운 시(詩) 생활의 일부였다. 어느 해 초여름 날, 대성산에 올라 떠다니는 구름을 타고 남쪽에서 날아가는 두견새가 피를 토하는 소리 한둘이 시인의 가슴을 뛰게 해 동네 사람들이 꿈에서도 맛보지 못한 시작의 황홀경을 만끽하고 돌아가는 길에 합장강에 걸쳐있는 자그마한 다리 부근까지 돌아왔다. 때는 저녁 2경(更)도 지나 서쪽 하늘에 걸려있던 엿새 무렵의 달도 벌써 산 그림자에 지고, 별이 빛나는 하늘의 어슴푸레함에 겨우 냇물이 빛나 보일 정도의 어둠이었는데, 다리 입구에 높이 열 척 남짓 되는 중대가리의 몸집이 큰 사내가 서서 인길 쪽을 노려보고 있었다. 깜짝 놀라 인길이 자신도 모르게 발걸음을 멈추자 거인은 "돌아가!" 하고 소리쳤다.

인길은 말의 의미를 이해하기 어려워 미심쩍은 표정으로 고개를 갸우뚱거리고 있으니, 다시

"위험하니까 돌아가라고!" 하고 거인이 분명하게 소리쳤다.

인길은 돌아가고 싶은 마음이 쏜살같이 일었다. 이곳을 뒤로 돌아가면 굉장히 먼 길을 돌아 주암산 아래로 나가 합장강 얕은 물을 건너 모란대로 높은 지대를 따라 집으로 돌아가는 외에는 이제 길이 없다. 그러나 거인의 위압에 원래 온 길을 되돌아 간신히 주암산에 도착했을 때에는 초여름 쾌청한 아침이 어슴푸레 찾아들어 새벽닭이 울고 있었다.

박인길이 부재 시에 그 집에서는 그날 밤 매우 흉한 일이 일어났

102

다. 이전에 인길이 세상일을 분개하는 의미를 담아 시를 지은 것이 많았는데 이를 관찰청이 눈여겨 보고 있다가 십수 명의 포졸이 그날 밤 야심한 시각에 인길의 집으로 쳐들어와 인길을 찾았지만 부재였기 때문에 위난을 피할 수 있었던 것이다. 인길은 집으로 돌아와 일찍 일어난 부락 사람에게 이야기를 듣고 그대로 행방을 감춘 채 자신의 집으로 영원히 돌아오지 않았다고 한다. 박인길은 이전부터 고구려 왕족의 피를 이어받았다고 믿고 있던 남자였다.

뱀의 꿈

    평양 성내 상점가 종로에 폭이 약 2미터 정도 되는 작은 가게를 세내어 포목점을 하는 김정인(金鼎仁)이라는 소상인이 있었다. 지금으로부터 이백 년도 오래 전의 일로, 이조 중기 경기가 그다지 좋지 않은 시대였다. 김정인은 딱히 내세울 정도의 장사 수완도 없고 후원자도 없이 작은 자본으로 뒷골목 셋집에서 가난한 아낙이나 장날 인근 시골에서 성으로 들어오는 농부의 여인을 상대로 포목점을 하고 있었다. 이 남자는 묘하게 그 무렵도 완전히 신뢰가 땅에 떨어져 있는 독실한 불교 신자로, 매달 세 번은 영명사(永明寺)에 참배하고 조상에게 공양드리는 것을 게을리 하지 않아 언제부터인가 부처 정인이라고 세상 사람들에게 불렸다. 이 부처 정인이라는 호칭도 좋은 의미에서 세상 사람들이 부르는 것이 아니라, 오히려 바보스러울 정도로 정직하다는 의미에서였다.

　어느 해 여름, 근처의 큰 가게에서 불이 나 종로 번화가의 십 수 채 상가가 불타 정인의 작은 점포도 불길이 옮겨 탔다.

　작기는 하지만 상품도 무엇 하나 들고 나오지 못하고 완전히 무일푼이 된 정인은 어쩔 줄 모르고 있었다. 그러나 집주인은 집을 새롭게 짓자 호의적으로 예전처럼 가게를 계속해서 빌려주었는데, 한 푼 자본도 수중에 없고 돈을 마련할 수 있을 정도의 재주도 없는 정인은 자신의 집 온돌에서 어찌할 바를 모르고 있던 참에 선잠이 들었다. 문득 보니 좁은 정원 구석에 작은 구멍이 하나 있고 거기에 두 마리 뱀이 자주 들락거리고 있는 것이 보였다. 멍하게 이를 바라보고 있으려니 뱀은 입에 황금색으로 반짝반짝 빛나는 작은 알맹이를 머금고 구멍에서 기어 나와서는 밖에 놓고 다시 구멍으로 들어갔다. 이상한 일을 하는 뱀이라고 생각했지만, 딱히 거기까지 발걸음을 옮겨 살펴볼 마음도 생기지 않아 그대로 두 번째의 선잠에 들어 어느새 꿈나라에서 꾸벅꾸벅 졸고 있었다. 정인이 확실히 잠에서 깬 것은 취사장에서 아내가 저녁식사 준비가 다 되었다고 알리는 소리에 놀라 눈을 떴을 때였다.

가을 피안(彼岸)[•] 도 다가와 장사를 하고 있는데, 상당
한 시기를 자본이 없어 어슬렁거리고 있던 정인은 어느
날 문득 꿈에서 본 뱀을 떠올리고는 정원으로 나가 보았다. 이상하
게도 꿈에서 본 대로 정원 구석에는 작은 구멍이 있고 부근에는 뭔
지 모르지만 반짝반짝 빛나는 모래알이 있었다. 손에 들고 이 모래
를 보니 아무래도 작은 황금 알맹이로 생각되어 조금 싸서 상점가
도금장이에게 가지고 갔더니 생각지도 않게 거액으로 사주었다.

뜻밖의 일에 놀라 기뻐서 정인은 집에 돌아오자 뱀 구멍을 파 보
았다. 세 척을 파자 질그릇 항아리 하나가 나왔는데, 항아리 안에는
사금이 가득 들어 있었다. 정인은 사금을 판 돈의 대부분을 써서 영
명사에 종루를 봉납했다.

● 춘분이나 추분 전후 각 3일
간을 합친 7일간을 일컬음

107
뱀의 꿈

곰 남자

평양 관찰청의 말단인 박순길(朴淳吉)은 어느 해 가을, 관청의 용무로 삼등(三登)으로 여행을 갔다. 쓸쓸한 들길이나 산길 길가에 늦게 핀 질경이의 보라색 작은 꽃을 꺾어 외로움을 겨우 달래면서 목적지를 향해 서둘렀는데, 아무래도 길을 잘못 들었는지 나무꾼이 다니는 오솔길조차 자꾸 끊어지면서 깊은 산속으로 들어가 버리고 말았다. 높은 나무의 어두운 가지에서 부엉이가 울고 산비둘기 우는 소리가 때때로 귓가 근처에서 들려올 뿐, 깊은 산의 영기에 놀라 자신도 모르게 오싹하는 오한조차 느껴지고 몸이 떨릴 정도의 고요함이 사무쳐 왔다. 나무 사이로 조금 보이는 하늘을 바라보니 해도 상당히 서쪽으로 기울어 햇발이 빠른 가을날이 곧 저물어 갈 무렵이었다. 아무래도 가장 높은 산꼭대기로 나가 자신이 헤매고 있는 곳이 어디인지 알아봐야겠다고 생각하며 박순길은 조릿대를 헤치면서 손발에 상처 입는 것도 아랑곳하지 않고 높은 곳으로 높은 곳으로 발걸음을 옮겼지만, 뜻밖에 깎아지른 듯이 솟은 절벽과 맞닥뜨려 지금까지 노력해 올라온 길을 되돌아가지 않으면 안 되게 되었다. 기운도 다 떨어져 그 자리에 주저앉고 말았다. 순길은 그래도 정신을 차리고 용기를 내기 위해 허리춤에 차고 있던 도시락을 꺼내어 먹기 시작하자 앞의 잡목림 깊은 가운데에서 바스락바스락 소리를 내며 무엇인가 순길을 향해 다가오는 듯한 느낌이 들었다. 사람인지 맹수인지 마음을 다잡고 있으니 다섯 척 가까이 되는 곰 한 마리가 나타났다. 놀라서 몸도 마음도 하늘을 나는 듯한 생각이 들었는데, 예전에 다른 사람 이야기에서 들은 "곰을 만났을 때는 당황하지 말고 죽은 사람 흉내를 내는 것이 제일"이라는 말을 생각해내고, 잽싸게 벌렁 드러누워 숨을 죽이고 있는데, 무서워 몸이 떨리는 것을 멈출 수 없어 이윽고 곰의 먹이가 될 것이라고 체념하며 눈을 감았다. 그러나 이상하게도 곰은 순길의 옷을 입에 물고 다시 잡목 속으로 질질 끌며 들어갔다. 곰이 하는 대로 내버려두고 있자니, 깊이 열 척이나 되는 구멍 안으로 순길을 옮겨놓고 다시 밖으로 나갔다. 잠시 있으니 곰은 밤 열매가 열 개 정도 붙어 있는 작은 나뭇가지를 한입에 물고 와서 순길 앞에 놓았다.

   그때부터 순길과 곰의 동굴생활이 5년 정도나 계속되었는데, 곰이 순길을 혼자 동굴 안에 남겨두고 밖으로 나갈 때는 반드시 동굴 입구에 인간의 힘으로는 어떻게 해도 움직일 수 없는 큰 돌을 두세 개나 놓고 가기 때문에 도망갈 기회도 없었다. 그러던 어느 날, 드물게도 큰 돌을 구멍 입구에 놔두지 않고 곰이 동굴에서 나가 그대로 돌아오지 않았다.

   순길은 전신에 복슬복슬 검은 털이 자라 행방불명이 된 지 5년이 되던 해에 평양의 집으로 돌아왔다. 그러나 밤이 되자 순길의 집 부근에 큰 곰이 출몰하는 것을 이웃사람이 발견해 소동이 커져 순길은 다시 삼등산 안으로 도망가 숨었다. 지금으로부터 삼백오십 년도 옛날의 이야기이다.

흐름도 완만한 대동강은 고구려 왕성의 건설에 가장 큰 방비 역할을 다하고 있다. 압록강 상류 맞은편 언덕의 둥근 도성에서 조선반도 진출을 도모한 부여족이 만주 대륙의 집안성(輯安城) 부근과 거의 같은 지형의 조건을 겸한 데다 특히 기후가 온순한 평양 부근에 왕도를 천도하는 일은 지난날의 국방과 축성방법을 생각할 때 저절로 수긍 가는 점이 있다. 물줄기를 남동쪽으로 안고 장성을 쌓은 평양의 현재 모란대 일대는 장안성 이전의 평양성의 일부였다고도 보이는데, 요새 모란대에서 동쪽 평야로 이어지는 교통은 왕성탄(王城灘, 현지명)의 얕은 곳이 유일한 부두이다. 이 왕성탄의 얕은 여울은 지금의 대동교 하류 여울과 함께 평양으로 가는 단 두 개 있는 부두로, 고니시 유키나가(小西行長)의 평양 공략 때에도 양 부두의 이용

이 전쟁 국면에 큰 영향을 끼쳤다고 문헌에 남아 있다. 전하는 바에 의하면 왕성탄은 옛날에는 왕손탄이라고 불리던 것이 언제부터인지 발음이 바뀌어 왕성탄으로 변했다고 한다.

고구려 28대 보장왕 20년 가을 8월에 당나라 군사 병대는 군함을 타고 대동강을 거슬러 군사를 동쪽 평야 일대로 이끌고 평양성을 포위하며 공격했다. 고구려군은 매우 노력해 전쟁을 막으며 기회를 봐서 공세로 전환해 적을 자주 기습해 무너뜨렸다. 이 해 여름은 비가 많이 내려 7월에는 대동강 물색이 사흘이나 계속해서 핏빛을 드리워, 성 사람들은 이변이 닥칠 거라고 한창 유언비어를 퍼뜨려 벌벌 떨면서 가업에 힘쓰는 자가 없었다. 이윽고 당나라 군사가 내습해왔다. 가을이 되어도 강물은 조금도 주는 모양이 보이지 않고 성 동쪽의 평야에 충만한 포위군은 바작바작 평양성을 식량 공세할 작전으로 나왔다. 오로지 강가 수비를 견고히 해 진지 여기저기에서는 연일 주연을 열었다. 고구려군은 이 모습을 모란대에서 멀리 바라보며 이제 강을 건너 기습적으로 적진에 야습을 가하면 일거에 적을 괴멸시킬 수 있을 것으로 전황을 생각했는데, 슬프게도 대동강 물이 가득 차 흐름이 빨라서 어찌해볼 도리가 없었다.

몇 번인가 열린 작전회의도 결국에는 대동강 물이 줄지 않아 당나

114

라 군사를 격파할 수단도 없었다. 이때 왕손 오귀(吳貴)는 밤마다 작전회의를 조용히 듣고 쇠해진 운세의 국왕을 구제하려면 지금 대동강을 건너 적을 치는 외에 달리 방도가 없다고 깊게 탄식하고, "대동강 물이 줄지 않는 것은 필시 수신(水神)의 저주일 것이다. 지금 기회를 놓치면 고구려 왕국 건국 7백 년을 마지막으로 멸망하는 수박에 없다. 이내 몸을 수신의 제물로 바쳐 강물이 줄어들기를 기도하겠다."고 단단히 각오하고 모란대 상류의 절벽 위에서 강물 속으로 몸을 던져 뛰어들었다. 왕손 오귀의 이와 같은 슬픈 제물을 눈앞에서 본 장병은 그저 입을 다물고 신불에게 기도를 올렸는데, 이상도 하구나, 얼마 지나지 않아 갑자기 물 위로 머리를 드러내기 시작했다. 이 기적에 힘을 얻은 고구려 장병은 기다렸다는 듯이 일시에 모두 우르르 강을 건너 당나라 병사의 진지로 쇄도했다. 싸움은 동녘 하늘이 하얗게 될 무렵에는 완전히 끝나고 성 동쪽 평야에는 당나라 병사의 시체가 겹겹이 쌓여 아군이 대승리를 거두었다. 이렇게해서 평화로운 겨울을 맞이할 수 있었다. 이때부터 성 사람들에 의해 왕손탄이라고 불리게 되었다. 그러나 그로부터 7년, 고구려는 당나라와 신라 연합군에 의해 완전히 괴멸했다.

왕손탄王孫灘

모란대 牧丹臺

관서 제일의 명승지라고 일컬어지는 모란대의 이름은 언제부터 이렇게 불리게 되었는지 전혀 상세히 알려져 있지 않다. 어느 문헌에는 산의 형태가 마치 모란꽃이 만개한 위에서 바라본 듯하여 모란봉 이름을 붙였다고 기록되어 있지만, 과연 이 기록이 합당한 것인지 아닌지는 의심스럽다. 그 경치가 좋음이 꽃 중의 왕좌를 차지하는 모란에 비유되어 경승 중에서도 모란꽃이라는 논리에서 온 이름일 것이라고도 여겨지고 있다. 그러나 전설에는 모란꽃에 다가가면 떠오르는 이야기가 있다.

고구려 말기에 그 세력이 점차 쇠약해져 여러 장군들이 부처의 가호에 의해 싸움의 승리를 얻으려고 출진할 때마다 사원에 참배하고 한창 기도 의식을 행하던 시대였다.

중대한 사명을 짊어진 장군 일족이 멀리 대군을 이끌고 남쪽으로 정벌의 길에 올랐을 때, 일국의 성쇠를 이 싸움 하나에 걸고 출진했는데, 다만 한 사람 사랑하는 딸을 불문(佛門)에 귀의시키려고 일편단심 부처의 가호를 빌었다. 그런데 때마침 전쟁의 이득 없이 장군 아버지는 신라의 군세와 싸워 일패도지하고 평양으로 도망갔다. 일족은 엄한 군율에 준거해 극형에 처해지고 장군의 입김이 닿은 자는 처첩 노비에 이르기까지 모두 절명하는 비극이 있었는데, 단 한 명 불문에 귀의한 딸만은 겨우 일족을 모두 도살해버린 엄벌에서 피할 수 있었다. 극형을 받은 일족의 유골은 성문에 걸려 행인의 눈에 깊은 증오의 모습이 되어 멋대로들 비판을 해댔는데, 딸은 아쉬운 대로 부모의 목만이라도 장례를 지내려고 고심해 비바람 거센 어느 날 밤에 몰래 성문 효수대에서 부모의 목을 훔쳐와 자신의 암자 뜰에 남몰래 묻고 아침저녁으로 불공을 드렸다. 이듬해 봄이 돌아와 딸에게는 쓸쓸한 봄이었지만 어느 날 문득 정신을 차리고 보니 양친의 머리를 묻은 작은 적토의 봉분 위에 두 개의 새싹이 나와 있는 것을 보았다. 봄비에 물기를 머금은 두 개의 싹은 쑥쑥 자라 초여름에는 힘 있는 줄기에 몇 개인가 꽃봉오리조차 맺혔다. 이윽고 때가 되어 두 줄기의 가지에는 아름다운 큰 꽃이 피었다. 멋진 꽃은 모란이라고 불리는데, 중국에서 전해진 명화라는 것을 알게 되어 암자를 방문하는 불가 사람들도 그 아름다움에 감탄의 환성을 지를 따름이었다. 그로부터 몇 년인가 모란은 암자의 정원 가득히 늘어 결국 담장 밖까지 퍼져갔다. 어느새 모란암자라고 불리게 되고, 초여름에는 많은 사람들이 꽃을 감상하러 암자를 찾아오게 되었다. 암자가 있던 토지는 지금 당상리(堂上里) 부근이 아닐까 생각된다.

비원悲願의 딸

　주암(酒岩) 동쪽 기슭을 씻어내며 대동강으로 흐르고 있는 합장
강은 그 이름대로 불교 인연이 매우 깊은 관계가 있어 몇 가지 이야
기가 남아있다. 조선의 불교가 매우 성행한 시대인 고려조 중기의
일이다. 합장강 한쪽 가에 신심이 매우 두터운 김 아무개라는 농민
이 있었다. 김씨 집은 가난하지는 않았지만 부자라고 할 정도도 아
니어서 일하지 않으면 먹고 살 수 없을 정도의 생활로 착실하게 농
민 생활을 즐겨, 일가의 일은 생업인 농업과 그 외는 불심이 주된 일
이었다. 그 무렵 평양 부근만 해도 절의 수가 십 수 개를 헤아려 모
란대의 영명사와 교외의 법흥사가 번성하고, 기림리(箕林里)의 중흥
사(重興寺)도 큰 사원의 하나였다. 김씨 집에는 여자아이가 하나 있
었는데, 이 아이가 또한 양친에 뒤떨어지지 않을 정도의 불심이 있

는 딸로, 철이 들 무렵부터 불사에는 빠지지 않았으며 사원의 참배는 같은 또래의 다른 집 딸에게 지는 일이 없었다.

어느 해의 일이다. 주암산 기슭에 주암사를 건립하게 되어 사당지을 돈의 희사(喜捨)를 부지런히 이야기하며 돌아다니게 되었는데, 김가 일가도 자기 집 일인 양 부근 마을에서부터 멀리는 강동 방면까지 발걸음을 옮겨 사당 기금의 정재(淨財)를 모았다. 합장강의 조금 상류인 임원(林原) 가도를 따라 나루터가 있는 부락에 같은 김씨성을 가진 부자 농민이 살고 있었는데, 김씨 일가가 몇 번이고 사당 기금을 기부할 것을 권해도 주인은 동전 한 푼 기부하지 않을 뿐만 아니라, 나중에는 기금 모금을 하고 있는 사람들을 심하게 욕하고 느티나무 막대기로 들개를 쫓아낼 때처럼 때려 내쫓았다. 이 소문은 금세 합장강의 김씨 일가의 귀에도 들어갔다. 김씨의 딸은 자신이 반드시 나루터의 김씨 일가에게 단박에 종루를 건립하도록 해보일 테니 잠시 무슨 일이 있어도 모른 체 하고 있어달라고 집안사람들에게 부탁했다.

딸은 그로부터 삼칠 스물 하루 동안 저녁이 되면 합장강 강물에 벌거벗고 들어가 뭔가를 기원하고, 기원이 다 끝난 날부터 자신의 방에 들어박혀 붉은색이나 흰색 종이를 가늘게 가위로 찢어서는 그

것을 다시 또 작게 접어 많은 종이 세공품을 만들었다. 날도 순조로운 가을 수확기가 다가와 어느 농가에서도 논밭의 수확을 보고 올해는 풍작이라고 서로 기뻐하며 이야기하고 있었다. 어느 날의 일이다. 딸은 작은 종이 세공을 뒤쪽 들판으로 가져가 양손에 쥐고는 쫙 하늘로 던져 올리고는 후후 하고 자신의 입김을 불어 날렸다. 색색의 종이 세공품은 마치 살아있는 것처럼 훨훨 날아 북쪽 나루터의 김씨 일가의 전답이 있는 방향으로 날아갔다. 그로부터 김씨 일가의 전답에서는 큰 일이 일어났다. 잘 여문 벼이삭에는 파랗고 붉은 독충이 가득 붙어 낱알을 갉아먹고 밭작물에도 여러 독충이 다닥다닥 무리지어 모처럼 여물어 있는 조 알갱이를 서벅서벅 소리를 내며 먹어 망쳐놓고 있었다. 놀란 머슴이 주인에게 자초지종을 고했지만 어찌할 방도도 없었다. 곧 주암사 건립 희사를 거절한 김씨 전답만이 해충으로 황폐해진 것은 부처의 벌을 받은 것이라고 세상 사람들이 이야기를 했다. 하루 생각하고 이틀 고민하던 잔인하고 포악한 김씨도 세상의 소문이 꼭 소문만은 아니라 이상하게도 자신의 집 전답만 해충이 생겼다는 것은 필시 부처의 벌임에 틀림없다고 깨닫게 되어 다시 한 번 누군가 사당 기금을 모금하러 와준다면 과감히 희사를 해도 좋다고 결심했다. 신심이 없는 마음의 화살이 부러진 날 저녁,

한 노승이 김씨 집 문 앞에 서서 하룻밤 머물게 해달라고 청해 주인은 정중히 노승을 손님방으로 안내하고 자초지종을 상세히 이야기한 끝에 이 궁지에서 구제받고 싶다고 애원했다. 노승은 묵묵히 이야기를 듣고 있다가 품속에서 경전 한 부를 꺼내 경문이 적힌 종이로 큰 학을 한 마리 접어 문을 열고 후 숨을 불어넣어 하늘로 날려보냈다. 종이학은 눈 깜짝할 사이에 전답의 해충을 하나도 남기지 않고 먹어 치웠다.

김씨 딸은 부처님을 의지해 비원을 이룬 죄로 곧 죽었는데, 합장강 강가에는 아직 자그마한 딸의 석비가 적토에 묻힌 채 남아있다고 전해지고 있다.

벽화의 미녀

　어느 해 여름의 일이다. 강동 읍내의 상인 이경석(李京錫)은 물건 값 결제를 하기 위해 현금을 품속에 넣고 평양 거리로 왔다. 적은 돈의 작은 이익을 가지고도 다투는 소상인이고 보니 이경석은 십리 길도 멀다 하지 않고 역의 말도 타지 않고 아침 일찍 집을 출발해 석양이 차츰 보통강 평야 저편으로 기울어 농가의 등불이 하나둘 안개 속에서 보였다 말았다 할 무렵에는 모란대를 멀리 바라보는 대성산 기슭까지 와 있었다. 일 년에 반드시 두세 번은 왕복하는 이 가도는 황혼녘이라고는 하나 여행객이 지나다녀 길은 그다지 쓸쓸하지 않은데, 오늘따라 긴 가도의 앞뒤에는 전혀 사람 그림자도 보이지 않고 쓸쓸한 저녁이었다. 주암산을 왼쪽으로 바라보고 합장강 나루터까지 왔을 때 언제 나타났는지 뒤쪽에서,

"여보세요, 여보세요."

하며 사람 부르는 소리가 경석의 귀에 들렸다. 경석은 이상하게 생각하면서 돌아보니 붉은 색 옷을 입은 한 여인이 계속해서 자신에게 손짓을 하고 있었다.

잘 모르는 여인이 쓸쓸한 황혼녘의 가도에서 불러 세웠기 때문에 조금 기분이 으스스했지만,

"내게 무슨 용무가 있습니까?"

하고 되묻자, 여자는 대답했다.

"네, 좀 물어보고 싶은 일이 있어서 불렀습니다."

"무슨 일입니까?"

"저는 이 근처 마을의 김진사 댁에서 일하고 있는 여자입니다만, 당신을 뵙고 싶다고 저희 아가씨가 아까부터 오랜 시간 기다리고 계십니다. 아무쪼록 저와 함께 집까지 가주시지 않겠습니까?"

경석은 일전에 이 부근 마을에 김진사라고 하는 큰 부자가 있다는 소문을 들었기 때문에 아무런 의심도 품지 않고 되돌아 대성산 기슭 북쪽을 향해 갔다.

밭 가운데에서는 개구리가 계속 울어대고, 한 마리, 두 마리 반딧불이가 머리를 스치며 흩어져 날고 있었다. 1리 조금 북쪽으로 가니

작은 나무가 울창한 가운데에 큰 저택이 어둠 속에 검게 떠올라 눈앞에 보였다. 흙벽에 둘러싸인 큰 저택으로 대문 앞에는 두 명의 하녀가 자신들을 마중 나와 있었다. 아름다운 방으로 안내를 받아 곧 대여섯 명의 아름다운 젊은 아가씨들이 손에 갖가지 술안주 그릇을 눈높이까지 받들고 방으로 들어왔다. 배가 고플 거라고 하면서 저녁 식사를 대접해줬는데, 경석 같은 가난한 사람은 꿈에서도 보지 못한 훌륭한 술잔에 백년 장수를 구한다고 전해지는 불로불사의 약주를 따라줘 취기가 조금 돈 경석이 굉장한 환대에 놀라 있을 때, 길안내를 해준 여자가 나타나서,

"아가씨가 뵙고 싶다고 하십니다."

하고 별실로 안내했다.

벽에는 아름다운 중국의 그림이 그려져 있고 실내의 등불은 일곱 개 나뭇가지 등걸이에 매우 밝게 불이 켜져 있는 가운데 젊고 아름다운 아가씨가 혼자 앉아 있었다.

"저는 일 년간 매일 가도를 지나가는 여행객 중에서 당신을 기다리고 있었습니다. 어제로 딱 천 명의 남자가 지나갔습니다. 저의 일생을 의탁할 사람은 당신 한 명이라고 생각하고 있습니다. 아무쪼록 내집이라고 생각하고 여기서 오래 계셔주세요."

벽화의 미녀

아가씨는 부끄러워하면서도 이런 이야기를 경석에게 했다. 경석은 꿈같은 세상에 홀려 들어온 듯이 석 달 남짓을 이 저택에서 지냈다. 뜰의 밤송이가 벌어져 떨어질 무렵, 싫다는 아가씨를 무리하게 설득해 일단 강동으로 돌아가 집안 정리를 하게 되었다. 강동으로 돌아가 보니 집은 석 달 전에 자신이 저택에 머문 다음날 누군가 심부름꾼이라고 하는 자가 와서 깨끗하게 정돈해 놓았다. 너무 놀라가지고 올 것도 채 챙기지 못하고 다시 대성산 기슭의 저택으로 달려갔는데, 저택이 있던 숲속은 큰 석조 고분만 있고 집이라고는 마구간 하나 보이지 않았다. 그러는 사이에 작은 산 같은 고분의 남쪽 입구가 쫙 갈라지면서 등불이 살짝살짝 보일 뿐이었다. 조심조심 고분 안을 들여다보니 놀랍게도 아가씨와 생활했던 실내와 똑 같은 그림이 벽 한 면에 그려져 있고 일곱 개 나뭇가지 등걸이의 등불이 신기하게도 지금이라도 꺼질 듯이 불안하게 켜져 있었다.

대성산 연못

안학궁(安鶴宮) 터를 동쪽 기슭 산자락에 품고 있는 대성산은 산 전체가 고구려의 산성으로서 지금도 봉우리에서 계곡을 넘어 이어지는 성벽 허물어진 곳이 남아 있다. 부근 일대에 산재해 있는 기와무늬 파편은 예전 고구려 시대의 화려함을 생각나게 하는 단 하나의 유물로 봄비에 축축하게 젖어있다.

대성산 남쪽 정상 가까운 곳에서 깊게 쪼개진 계곡은 청렬한 물을 합장강으로 내보내고 있는데, 이 계곡물을 따라 정상에서 기슭까지 일곱 개의 작은 연못이 지금도 작은 물줄기를 떨어뜨리며 남아있다. 이 연못이야말로 당시 고구려 산성의 유일한 물의 원천으로 전시에 중대한 역할을 해온 수원지의 하나이다. 계류를 따라 패인 연못은 수많은 무인의 갈증을 치유해 줬을 텐데, 그중에서도 가장 큰 연못에는 예로부터 주인이 살고 있다고 산기슭 마을 사람들이 조심해왔다. 여기에도 처녀에 얽힌 슬픈 전설이 하나 남아있다.

어느 무렵의 일인지 대성산 아래 부락에 아름다운 처녀가 살고 있었다. 아버지는 일찍이 세상을 뜨고 노모와 단 둘이 사는 가정으로 먹고 사는 데에 곤란하지 않을 전답이 있어 외롭지만 행복으로 가득 찬 생활이었는데, 어느 해 여름 무렵부터 노모가 병상에 누워 딸은 산꼭대기의 사원에 새벽이 가까워질 무렵부터 일어나 맨발로 참배하고 어머니의 병이 완쾌하기를 기원했다. 사흘 닷새 매일 동쪽 하늘이 점차 어슴푸레해질 무렵 집을 나서서 사람 한 명도 다니지 않는 산 오솔길을 맨발로 돌맹이를 아프게 밟아가며 기원을 드렸다. 부처에게 바라는 효심이 하늘에도 통했는지 어머니의 병은 기원을 마치는 날이 가까워질수록 좋아지는 것이 눈에 띄었다. 딸은 삼칠일 기원이 끝나는 날 아침에 상쾌한 새벽바람이 뺨을 스치고 계곡 연못의 연꽃이 조용히 필 무렵, 사원의 기원을 끝내고 하산했다. 기슭 가까이 가장 큰 연못가에 왔을 때 스님 같은 모습을 한 남자가 오솔길에 서서 딸을 불러 세웠다.

스님은 딸을 향해 "당신의 진심이 하늘에 통해 노모의 병은 완쾌

했다. 당신에게는 아직 행복이 기다리고 있다. 이 연못의 물로 이레 동안 얼굴을 씻으면 천하절색의 미녀가 될 수 있을 것이다." 이렇게 말한 뒤 바로 스님의 모습은 연기처럼 사라져 버렸다.

세상의 악에 물들지 않은 처자는 스님의 말을 진짜로 받아들여 그날 아침부터 이레 동안 새벽에 집을 나서 연못으로 와 얼굴을 씻는 일을 계속했다. 이레째 되는 날 아침은 여름인데도 조금 추운 바람이 불고 있어 불쾌한 새벽이었다. 예의 연못가에 가서 연못의 물을 양손에 떠올리려고 손바닥을 연못물에 댔을 때, 갑자기 연못 속에서 큰 손이 하나 쑥 나와 처녀만이 하는 검은 머리를 붙잡고 여자를 연못 밑바닥으로 질질 끌고 가버렸다.

아침 일찍 집을 나선 채로 행방불명이 된 처녀의 사체는 그로부터 사흘 후 마을 사람의 손에 의해 연못 속에서 끌어올려졌는데, 처녀는 연못의 주인이 좋아해 연못으로 끌고 간 것이라는 소문이 마을 전체에 퍼졌다. 그 후 마을 사람들은 누구 하나 연못에는 다가가지 않고, 연못에는 무서운 주인이 살고 있다며 무서워했다. 초여름 두견새가 울며 건너가는 연못 부근에는 지금도 처녀의 혼이 떠돌며 울고 가는 두견새에게 도움을 청하고 있다고 전해지고 있다.

대성산 연못

이야기는 지금으로부터 천 수 백 년 전을 거슬러 올라간 옛날의 일이다. 고구려 왕국 11대 동천왕(東川王) 재위 21년 2월에 시작된 왕도 환도성(丸都城) 비적의 난은 세력을 얻어 왕도를 휘감아 수도를 다시 찾을 바람은 완전히 잃어버렸다. 동천왕은 갑자기 왕도를 멀리 동쪽에 구하기 위해 심복의 신하 셋을 동진하게 해 왕성의 땅을 찾도록 했다.

비밀 칙령을 받아 여행길에 오른 세 사람이 여행길을 다니면서 벚꽃과 살구꽃이 점차 하얗게 될 무렵 도착한 곳이 왕검성(王儉城, 평양) 근처였다. 봄 안개 속에 유유히 흐르는 패강(浿江, 대동강)이 발밑에 내려다보이는 산꼭대기에 서서 지세를 생각하던 이들은 강가에 무리지어 있는 어부, 밭에서 베를 짜듯이 일하는 농경 천민들이 너무나 평화롭게 환희하는 듯한 한가로운 광경을 한눈에 바라보며 새로운 왕도에 적합한 토지를 발견했다고 서로 기뻐했다. 흰 구름이 산꼭대기에 끊이지 않는 백두산 품속에서 수원(水源)이 시작되어 천고의 도끼소리를 모르는 밀림과 계곡을 깁듯이 남하하는 큰 강물이 점차 일망천리의 평야로 나가 꾸불꾸불하고, 녹색 작은 언덕의 기복이 있는 지형은 저절로 무사 혼자서 험한 곳을 지키는 상이어서 만명의 무사도 쳐들어오지 못할 험준함을 이루고 있었다. 또 남방의 옥토는 천리에 뻗어 있고 미풍 나부끼는 녹색 초원이었다. 언덕에 여러 그루의 소나무가 있고 성의 관문은 자연의 지형이 만들어, 이야말로 환도성을 출발할 때 왕 스스로 이야기한 낙랑의 땅임을 깨달은 세 명의 사신은 계속해서 자세히 조망하는 눈을 옥토 멀리까지 옮겨 강남의 작은 언덕의 기복에 이르니 겹겹의 묘들이 수천 무리를 이루고 있었다.

조정의 정사 천수 만세의 땅을 찾은 사신은 산을 내려와 강의 서쪽 호반을 따라 초록 언덕을 남하하기를 잠시, 언덕의 지세가 조금 떨어진 곳의 강가에 버드나무 노목이 서 있는 곳에 여러 채의 어부 집을 발견했다. 강변 가까이 물은 깊고 거선도 댈 수 있는 항구로 더할 나위 없는 지형이었다. 동에서 서쪽으로 흐르는 물은 오른쪽으로 꺾여있어 수세는 여기서 약해지고 파도는 완만해지며 강은 넓어지니, 군선이나 상업 물품의 집산에도 다시없는 지세여서 사신을 더욱 환희의 절정에 차게 하기에 충분했다. 무너져 내린 어부의 집을 방문해 지명을 물으니 집안에서 조용히 나온 노옹은 "왕검이오."라고 대답했다. 사신 중의 한 사람이 노옹에게 은화를 건네주며 술을 달라고 하니 "좋은 술은 지금 없소이다. 그러나 술잔은 있소." 하면서 아름다운 칠을 한 술잔 하나를 바쳤다. 이를 보고 있으려니 금세 노옹의 모습은 홀연 연기로 사라지고 버드나무 가지 사이로 살짝 보이는 어부의 집도 흔적도 없이 사라져 버리고, 단지 술잔 하나만이 사신의 손에 남겨져 있었다. 이상한 일에 잠시 망연자실해 있던 세 사신도 이윽고 제정신을 차리고 손에 남겨진 술잔을 음미하니, 그것은 고구려 국왕이 전 국토의 세력을 모아 계속 싸워온 한민족의 손아귀에 들어갔던 칠기 술잔이라는 것을 알고 새로운 도읍지 탐방에 이러한 길상이야말로 필시 왕국 만대에 변하지 않을 견고한 지역을 하늘이 이곳이라고 알려주고 하사하신 것이라고 여겨 기뻐했다. 그로부터 고구려 왕국 천도의 대공사가 시작되었다.

　세 사신이 산꼭대기에서 평양을 발견한 산을 지금 대성산(大聖山)이라고 부르고 술잔을 남겨준 노옹이 사라진 땅을 흥배(興盃)라고 부르는 것이 현재의 지명이다. 홍배는 모란대 유람 도로를 북으로 해서 십여 정(町) 가면 길이 언덕에서 급하게 대동강 호반으로 오른쪽으로 꺾이는 지점에서 지금도 부근에 십 수 채의 민가가 반 어부 반 농부의 즐거운 생활을 영위하고 있다.

함구문 含球門

고구려 평원왕(平原王) 시대에 구축되었다고 하는 장안성은 성내가 너무 넓어 고려 태종은 중성(中城)을 기획해 이른바 기자정전(箕子井田)이라는 전설이 있는 장안성 내의 남쪽 평탄한 지역을 제외하고 주위 삼만사천오백 척의 성벽을 쌓아올리고 여기에 장경(長慶, 동), 보통(普通, 서), 함구(含球, 남), 칠성(七星, 북), 대동(大同, 정동), 정양(正陽, 정남)의 육문을 세웠다. 장경문은 지금의 모란대 남단 관제묘(關帝廟) 부근이고, 함구문은 평양 우체국의 서쪽 단기(端氣) 거리에 있었다. 정양문은 창광산(蒼光山) 동남쪽에 있고, 대동, 보통, 칠성 세 문은 현재 남아있는 그대로의 위치에 있었다. 이들 육문은 어느 것이나 몇 번인가 병화(兵火)로 불타 재건되었는데, 현재 있는 세 문도 이조시대에 재건한 것이다. 함구문이 철거된 것은 불과 30년 정도 전의 일로, 옛 시대부터 이 문에 얽힌 몇 가지의 전설이 남아있다.

어느 해 여름의 일이다. 한 여행자가 멀리 고도 평양의 시경(詩景)과 기생을 동경해 여장도 가볍게 방문했다. 실 같은 나뭇가지를 늘어뜨린 버드나무의 초록 선을 끌고 있는 대동강과 모란대 소나무의 완전히 그림 같은 원경에 우선 여행자의 마음은 뛰었다. 돌을 쌓아올린 성벽을 양 소맷자락으로 하고 있는 아름다운 함구문에 도착한 여행자는 우선 문 안으로 들어가 큰 기둥을 어루만지고 포석에 앉아 감탄해 칭찬해 마지않는 모습이었는데, 언제부터인가 여행의 피로가 느껴져 꾸벅꾸벅 포석 위에서 꿈길로 들어섰다. 뭐라 말할 수 없는 침향나무 향기가 그윽하게 코를 찔러 여행객은 눈을 떴다. 자신의 뒤에 인기척이 느껴져 고개를 돌리니 거기에는 옅은 물색 비단을 입은 청초한 여자가 그림에서 본 선녀와 같은 모습으로 그것도 미소를 지으며 서 있었다. 놀란 여행객은 말없이 여자를 바라보고 있는데, "평양의 명성을 동경해 멀리서 온 당신에게 오늘밤 대동강 풍류놀이로 환대하겠습니다."고 말했다.

그로부터 강 위의 아름답게 장식한 놀잇배에서 여행객의 풍류놀이가 시작되었는데, 음악도 무용도 산해진미도 제왕을 뛰어넘을 정

• 시적인 경치로 정원을 구성하는 한국 정원의 조원법

도로 호화로워 강 수면을 가로지르는 장고소리, 언덕에서 나는 다듬
이질소리에 시흥이 일었다. 이윽고 집집의 창에서 등불이 새어나올
무렵에는 여행객은 완전히 우화등선(羽化登仙)의 기분으
로 행락에 빠져들었다. 적극 권해준 약주의 취기도 시
원한 강바람에 불려 깨고, 여행객은 여전히 함구문 포
석 위에 누워있었다.

함구문은 신선이 선잠을 자는 곳이었다는 전설이 남아있다.

● 날개가 돋아 신선이 되어
하늘에 오른다는 뜻으로, 술
에 취해 기분이 좋아 하늘
에라도 오를 듯한 좋은 기
분이라는 뜻.

돌장군

　이조 인조왕 때 평양 부근의 민가에서는 집집마다 팥이 들어있는 떡을 찧어 먹었다. 어디서 누가 이야기하기 시작했는지, 이 팥떡을 이레 동안 먹으면 작게는 일가의 난을, 크게는 일국의 난을 피할 수 있다는 주술이 유행했다. 이 때문에 평양 성내의 찹쌀 가격은 매우 뛰어, 미곡 상인 중에서 지금의 말로 벼락부자가 속출했다. 그 결과 이 주술은 쌀장사가 돈벌이를 위해 만들어낸 유언비어라고 관청에 잡혀가는 사람도 나와 공포시대를 낳았는데, 인조왕 정묘년 정월 이레에 한 노승이 지팡이에 의지해 평양 병영의 문 앞에 나타나 문을 계속 두드리며, "우리나라 재난의 징조는 지금 눈앞에 닥쳐있다. 만약 내가 하는 말을 듣지 않으면 국난은 바로 찾아올 것이다."고 호통치고 있는 것을 발견한 문지기는 이런 미치광이 중을 상대하고 있다가는 나중에 번거로운 일이 생길 것으로 여겨 이 노승을 막대기로 쫓아내 버렸다. 그로부터 얼마 가지 않아 금나라 군사가 국경에 침입해 조선 안으로 쇄도하는 금나라 도적이 침입하는 국난에 봉착했다.

평양을 서쪽으로 3리(里) 가면 부산 고개의 작은 언덕이 기복하는 왼쪽 조금 높은 곳에 길이 칠 척 정도 되는 돌상 인물이 외롭게 세워져 있다.

언제 세워졌고 누구의 상인지는 알 수 없지만 부근 부락에서는 이 돌상 인물을 '돌장군'이라고 부르고 있다. 임진년 이른 봄에 이 돌장군 상에서 새빨간 피가 뚝뚝 흘러내려 이레 칠일 밤 멈추지 않았는데, 부락민은 이 돌장군에서 피가 흘러나올 때는 반드시 국난이 올 것을 예언하는 것이라고 전해지고 있다. 또한, "도적은 부산에서 일어 부산에서 멈춘다."고 해서 이 땅에서 도적이 앞으로 나아가지 못하는 것도 돌장군이 있기 때문이라고 믿었다. 인조왕 때 아침에 나타난 노승은 부산 언덕 돌장군의 화신이었는데, 그 후로도 자주 이 상이 현장에서 모습을 감추는 때는 도적의 난이 일었다고 전해지고 있다.

그러나 이 돌상도 지금은 호사가가 어딘가로 가져가 버리고 말았다.

고목의 꽃

    평양성 밖 안경교(眼鏡橋, 永齊橋) 한쪽 가에 마음가짐이 좋은 백만장자가 살고 있었다. 부모에게 물려받은 재산으로 무엇 하나 부족한 것 없이 살고 있었는데, 불교에 깊이 귀의해 가난한 사람들에게 베풀고 곤궁한 자에게 극진히 대접하며 오십 년의 세월을 보내고 있는 동안, 산 같이 쌓여있던 재산도 모두 바닥나고 환갑의 축하를 할 무렵에는 하루 벌어 먹고 사는 생활로 물만 먹고 사는 빈농과 별반 다를 바 없는 처지가 되어 버렸다. 그러나 백만장자는 부모의 재산을 탕진한 것을 아무런 후회도 하지 않았는데, 예전처럼 백만장자의 자격으로 여러 가지의 희사를 해달라는 관청의 헌금에는 몹시 곤란해 친척 관계에 있는 사람을 찾아가서 한때 빚을 내어 그것으로 관청의 희사를 충당하고 있었다.

어느 해 봄의 일이다. 높은 지위의 관청 사람이 평양을 통과해 국경으로 여행을 가게 되어 관청에서는 몇 십리 되는 먼 길을 이 백만장자에게 명해 수리하도록 했다.

하루하루 생활을 가까스로 하고 있던 백만장자는 인부를 고용해 도로를 수리할 돈도 없거니와 썩어 떨어져나간 다리를 새것으로 바꿀 목재도 없었다. 수도에서 평양으로 이어지는 도로 양쪽에는 많은 수목이 심어져 있었지만 그해는 겨울 한기가 특히 심했던 탓인지 많은 고목이 생겨 관청에서는 고목을 바꿔 심으라고 명해 고목 대신에 심을 생목이 입수가 되지 않아 백만장자는 봄날 한창인 것도 아랑곳없이 고민하며 괴로워하고 있었다. 우물쭈물하고 있는 사이에 고관의 여행 일정이 닥쳐와 관청에서는 매일 독촉이 성화였다. 백만장자는 도로의 수목이 마른 것이 이상하게 생각되었다. 추위 때문에 마른 것이라면 금년 겨울은 작년 겨울보다도 따뜻했고 더욱 추운 겨울도 있었다. 5월이 되어도 안경교 아래에 두꺼운 얼음이 얼어 있던 해도 기억에 남아 있다. 백만장자는 한 가지 묘책을 생각해 대동강 물을 항아리에 퍼 담아 고목 밑동에 뿌리고는 입으로 부처의 이름을 읊조리기를 밤에도 자지 않고 계속했다. 고관이 평양에 도착하기 전날에는 기분 탓인지 고목의 가지도 조금 푸른빛을 띠는 듯이 보였지만, 내일 통과할 때 고목이 눈에 거슬려 관청에서 벌을 내리기라도 한다면 노골을 바쳐 죽음이라고 하는 인생의 비극, 최후의 수단으로 사죄할 각오를 결심했다.

저녁 무렵이 되어 지금은 가난하게 된 백만장자의 허물어진 문에 마을 사람들이 몰려와 부산하게 백만장자를 불러 길가의 고목에 꽃이 피었다고 전했다. 백만장자는 마을 사람이 자신의 괴로운 마음을 단지 일시적으로 위로할 셈으로 고목이 꽃이 피었다고 거짓을 말하는 것이라고 여겨 믿지도 않고 그날 밤은 그대로 잠자리에 들었다.

다음 날 고관은 길가의 살구꽃 배꽃이 만발해 피곤한 여정을 달래면서 기분 좋게 평양으로 들어갔다.

고목의 꽃

돌도끼

대동강 강가 미림(美林)의 한촌에 예로부터 반농반어(半農半漁)의 생활을 하고 있는 일가가 있었다. 불과 얼마 안 되는 밭에 보리나 조를 심어 일가의 식량으로 하는 외에도, 대동강에 작은 배를 띄워 잉어나 붕어를 잡아 올려 이를 평양 성내에 팔아 자급할 수 없는 소금이나 등유를 구하고 있었다. 가난하지만 일가는 전혀 어떠한 불평도 하지 않고 불만도 없는 즐거운 생활로, 부모 자식 다섯 명의 가족이 아침에는 닭울음소리와 함께 일어나 부모는 밭으로 자식은 대동강으로 나가 그날 하루의 노동을 하늘에서 받은 직분이라고 여기며 돈을 벌고 저녁에는 별이 반짝반짝 빛나는 것을 보며 간신히 집에 돌아와 즐거운 저녁식사로 평화로운 하루를 보내는 것이 완전히 일과로 되었다. 그러나 이 즐거운 생활을 보내던 일가에도 단 하나

고민이 있었는데, 보통 때는 조금도 괴롭지 않았는데 부락의 축제일이라든가 정월, 추석 연휴에는 이 일가를 덮치는 괴로움이 크고 무겁게 닥쳐와 평화로운 가정을 암흑의 밑바닥에 떨어뜨리고 가는 것이 매년 있었다. 일가의 괴로움의 원인은 선조 대대로 전해지는 이 집의 보물에 얽힌 것으로, 부락 사람들이 이 일가가 이민족이라고 교제해주지 않는 데서 오는 것이었다.

가난하지만 평화로운 생활을 즐기고 있는 일가에게는 마을의 축제일이 일 년에 몇 차례 찾아오는 것이 지옥의 고통을 맛보는 느낌이어서, 예부터 익숙하게 살아온 한촌의 미림도 때로는 왠지 자신들의 일가가 이렇게까지 부락 모두가 색안경을 끼고 볼 때까지 이곳에 살아야만 하는가 하고 곰곰이 생각한 적도 있었다. 마침내 부모는 아들에게 공부를 시켜 관리라도 되어 부락 사람들에게 되갚음을 해주고 싶은 마음이 일게 되었다.

어느 해의 일이다. 겨울 추위가 매우 오래 계속되어 4월이 되어도 대동강 얼음이 녹지 않고 5월에는 꽃이 피지 않은 채 7월 여름이 왔다. 매년 우기가 되어도 하늘은 아침부터 활짝 개어있고 비 한 방울 내릴 기색도 없이 밭작물은 물 부족으로 잎이 실처럼 휘감겨 생기가 없었다. 대동강 물도 부쩍부쩍 줄어들어 고방산(高坊山)으로 맨발로 건너갈 정도가 되었다. 작물은 고사하고 강의 물고기도 물이 없어 모두 배를 보이여 떠올라, 미림 부락의 주민은 누구 할 것 없이 이대로는 수확철인 가을을 기다릴 겨를도 없이 굶어죽을 지경이었다.

물론 부락에서는 노천 들판에 제단을 차리고 돼지와 송아지를 바쳐 기우제를 지냈지만 하늘은 아무런 감응도 보이지 않고 매일 매일 불볕더위가 계속되었다.

가난한 일가에서는 부락민이 곤란해있는 것과 마찬가지로 밭작물도 마르고 대동강에서의 어업도 할 수 없어 평소의 가난한 생활이 심해 고통이 보통이 아니었지만, 남편은 때때로 아내와 잠잘 때 이야기하기를 드디어 보물을 하늘에 바쳐 부락을 위해 비를 내려주십사 기도를 드려야겠다고 의논하게 되었다. 7월도 거의 끝나갈 무렵의 어느 날의 일이다. 가난한 일가에서는 아침부터 가족 전부가 헤진 부분을 기워 입기는 했지만 잘 세탁해 깨끗한 홑옷을 몸에 걸치고 주인은 괭이 한 자루를 손에 들고 자신의 밭에 모였다. 일가는 우선 하늘에 기도를 올렸다. 천 년 흙속에 숨겨둔 일가 부자 대대로 지켜온 보물을 이제 신에게 바치고 제사를 지내니 부락의 물 기근을 구할 비를 내려주소서…… 하고 소리 높여 염원을 올리고 나서, 주인이 말라비틀어져 우둘투둘해진 밭의 흙에 괭이를 한 번 내리쳤다.

그로부터 잠시 후 지하 수십 척 아래에 있는 큰 석실의 무거운 덮개가 땀과 흙투성이가 된 주인의 손에 의해 열리더니, 신기하게도 한 줄기 요사스러운 기운이 석실 안에서 하늘로 솟아오르고 지금까지 쨍쨍 맑았던 하늘 한쪽에 금세 새까만 구름이 뭉게뭉게 피어 번쩍하고 눈부실 정도의 벼락과 함께 큰 천둥소리가 일었다. 여기에 더해 굵은 빗줄기가 퍼부어 말라가던 작물을 적셨다. 밭과 시냇물에 물이 흘러넘치고 마실 물이 마른 우물에는 시원한 물이 가득 넘쳤다.

그날부터 가난한 일가는 미림에서 모습을 감추고 행방불명이 되었는데, 석실 안에는 돌로 만든 칼과 도끼가 몇 자루 비에 젖은 채로 내팽개쳐 있었다. 부락에서는 이 기적을 덧붙여 이야기해, 돌도끼는 당시의 왕가에 헌상되고 기록에는 벼락 도끼의 헌상이라고 적히게 되었다.

때를 알리는 종

　평양 남문 밖에 김이라고 불리는 농사를 크게 짓는 농민이 있었
다. 삼백만 평의 넓은 기자정전에 오곡을 심고 몇 백 명이나 되는
머슴을 거느리며 매년 가을 수확기에는 서울에 백미를 헌상하는 영
광스러운 자격을 가지고 있었다. 김씨 집에서는 대대로 남자아이가
없고 여자아이만 태어나, 가독의 상속에는 반드시 친족 사이에 골육
상쟁이 되풀이되는 것이 김씨 일족의 괴로움이었다. 지금으로부터
삼백 년도 오래 전 김씨 집안에는 예의 세 명의 여자아이가 있었는
데, 셋 모두 꽃으로 착각할 만한 미인들로 일족 사람들은 물론 성내
의 젊은 사람 누구나 이 세 명의 딸을 아내로 삼는 것이 항상 화두
였다. 어느 해 여름 해질녘의 일이다. 큰딸의 방에 한 아름다운 젊은
이가 홀연히 나타나 멋진 말로 벗이 되었다. 처음에는 큰딸은 젊은

이가 찾아오는 것이 동생들이나 집안사람들에게 알려지면 소란스러워질까봐 걱정했지만, 열흘이 지나고 스무 날이 지날 무렵에는 젊은이의 교양이 매우 높은 인격에 존경하는 마음이 생겨 매일 해질녘 찾아오는 것을 아침부터 초조하게 기다리게 되었다. 젊은이는 매일 얇은 물색 옷을 입고 왕자의 관을 머리에 쓰고 찾아왔다. 만나면 이야기는 시문 이야기나 그림 이야기뿐으로, 조금도 젊은 남녀가 만남을 즐거워하는 음란한 것은 없었다.

젊은이에게는 몇 가지 의심스러운 점이 있었다. 찾아오는 것이 항상 해질녘으로 한정되어 있는 것도 이상하고, 왕자의 관을 쓰고 있는 점 또한 이상했다.

그리고 개구리가 우는 소리를 매우 즐거워했다. 딸의 방 앞에 큰 연못이 있어 연못 가득히 연꽃이 심어져 있었는데 연못가 연꽃 잎 위에 여러 마리의 개구리가 개굴개굴 개골개골 울어대면 젊은이는 꼭 그 소리를 귀를 기울여 듣고 있어, 때때로 큰딸이 하는 이야기에도 대답을 잊고 있는 경우가 한두 번이 아니었다. 그리고 젊은이는 저녁 무렵에 찾아와 밤새 이야기를 하며 날을 새고 새벽녘 종로의 종이 평양 육문의 열림을 알리며 울려 퍼지면 놀라 자리를 박차고 부지런히 돌아갔다. 2월, 3월, 반년 간 두 사람의 즐거운 만남과 이야기는 계속되었지만 집안사람들도 큰딸의 시중을 드는 하인도 이 일을 전혀 모르고 있었다. 가을도 지나 서쪽 산들에 엄동의 혹한이 열흘만 지나면 찾아올 무렵, 젊은이는 딸에게 슬프게 말했다.

"가을 오랜 동안 당신과 이야기를 나누며 즐거운 날을 보냈는데, 마침내 겨울이 오니 곧 일가가 남쪽 나라의 따뜻한 땅으로 겨울을 보내기 위해 옮겨가게 되어, 어제 아버지로부터 출발일이 대략 정해졌다는 말을 들었기 때문에 이제 당신과 이렇게 즐겁게 만날 날도 얼마 남지 않았어요."

큰딸은 이 말을 듣고 너무 놀라 슬퍼했는데, 젊은이는 이는 자신 일가가 매년 하는 일이어서 하는 수 없다며 이듬해 봄에 날이 다시 따뜻해질 때를 기다려 달라고 말할 뿐이었다. 큰딸은 그렇다면 한 번만이라도 좋으니까 둘이서 잠시 동안의 이별을 아쉬워하며 꼭 하루는 날이 샐 때까지 이야기하며 보내고 싶다고 바랐지만, 그래도 젊은이는 종로의 종소리와 함께 자신의 일가는 아버지 앞에 나가 인사하는 습관이 있어 안 된다고 거절했다.

큰딸은 어떻게 해서든 하루를 자신의 방에 머물게 하고 싶은 마음에 종로의 종지기를 매수해 아침 종소리가 성 밖의 자신의 집까지 울리지 않도록 쳐달라고 부탁했다. 종치기는 부탁받은 날 아침에 종

소리가 울리는 몸체를 두꺼운 새끼줄로 싸서 종을 치면 남문 밖까지
는 종소리가 울리지 않는 것을 알고 있었다. 그날 저녁에 찾아온 젊
은이는 즐겁게 이야기하다 새벽녘이 되었는데, 종소리가 울리지 않
아 안심하고 이야기를 계속하고 있었다. 큰딸은 못된 짓을 했다고
마음속으로 미안해하면서, 종소리가 울릴 즈음을 계산하면서 젊은이
혼자 방에 남겨둔 채 자리를 일어나 정원으로 나갔다. 멀리 동쪽에
서 여운 없는 깨진 종을 치는 듯한 울림이 큰딸 귀에 들려왔다.

그로부터 얼마 안 있어 하인이 큰딸 아침밥상을 가지고 와 방문을
열어 보고는 앗 하고 놀라 밥상을 내던진 채 도망가 버렸다.

방안 가득 퍼져 있던 큰 뱀에 휘감겨 큰딸이 즐겁게 겨울맞이 시
를 읊조리고 있었던 것이다.

소 부자

평양성 밖 동대원동(東大院洞)에 박 아무개라고 하는 소 부자가 살고 있었다.

고려에서 이조로 바뀔 무렵 아직 세상이 어수선한 무렵의 일이다. 이 소 부잣집이 어디서 나서 언제부터 동대원에 살며 많은 소를 길러 부자가 됐는지는 성내 사람들은 알지 못했다. 그러나 소부자의 저택 안에는 몇 백 채나 되는 우사가 세워져 있어 이웃 마을은 물론이고 멀리 개성, 경기 쪽에서도 소를 사러 오는 사람들이 많이 몰려들어 매일같이 소시장이 섰다. 하루 몇 십, 몇 백 마리의 소가 지방 중개인이나 농민에게 팔려 나가 소 부자의 품에는 매일 몇 십 냥의 황금이 물처럼 들어왔다.

소 부잣집의 소가 하루 몇 십 마리 팔리는데도 소유하고 있는 소는 우사 가득 묶여있어 조금도 줄지 않고 때로는 느는 일도 있었다.

소 부자는 많은 하인을 먼 지방까지 보내 매일 시골에서 소를 사들여와 이를 메우고 있는 듯했는데, 평양 소 부자가 소 매매를 시작하고 나서는 이상하게도 각지의 농촌에서 소 도난이 일고 어느 농가에서는 소도둑이 횡행해 곤란해 있었다. 2월, 3월이 지나는 사이에 각지의 농촌에서 도둑맞은 소가 평양의 소 부잣집 우사에 묶여있다는 소문이 어디서랄 것 없이 전해져 세상 사람들이 소 부잣집을 매우 의심스러운 눈길로 보게 되었다.

이때, 강동의 농민이 자신이 도둑맞은 소가 소 부잣집 우사에 있다고 관청에 고소해 비로소 소 부자는 관청에서 조사를 받게 되었는데, 소 부자도 농민도 쌍방 모두 자신에게 정당한 소유권이 있는 소라고 물러서지 않고 주장했다. 판결에 조금 곤란해 있던 참에 한 재주가 뛰어난 관리가 뛰어나와 이 재판을 결판 짓게 되었다.

소 부잣집 소가 재판을 받는다는 소문이 마을에서 마을로 전해져 급기야 재판이 행해지는 날까지 십 수 인의 농민이 소 부잣집 우사의 소가 도둑맞은 자신의 소라고 호소했다. 관청이 말도 못하는 소를 상대로 어떤 판결을 내릴지 세상 사람들이 흥미를 갖고 보고 있었다. 재판이 열린 날 아침 관리는 십 수 마리의 소에 각각 자신의

소라고 주장하는 원래 주인의 이름을 나무 패찰에 써서 이를 소뿔에
동여매고, 그날 재판은 끝나고 관계자 일동은 관청을 떠났다. 관청
에서는 그날 밤이 깊을 때 관청 뜰에 매어놓은 소를 대문에서 꼬리
를 막대기로 심할 정도로 때려 쫓아냈다.

놀란 소들은 그날 밤 안에 각자 원래의 주인 우사로 돌아갔다. 소
부자는 도적의 우두머리로 즉시 체포되었다.

이 이야기는 도쿠가와(德川) 시대의 오오카(大岡) 재판[•]
과 똑 닮은 이야기이다.

● 오오카 에치젠(大岡越前)이
공평하고 인정미 있는 명
판결을 내렸다는 이야기에
서 유래함.

혹부리

평양 성내 채세리(釵貰里)에 사는 박인길(朴仁吉)은 성실한 남자로 인생 오십의 언덕을 꼭대기까지 올라 장사는 아들에게 물려주고 세상사를 잊고 편안하게 사는 생활로 세상 사람들에게 행복한 사람이라고 부러움을 사고 있었는데, 그에게는 단 하나의 고민이 있었다. 그것은 사십을 넘을 때부터 뺨 오른쪽에 작은 혹이 하나 생겨 나이가 들어가면서 커지더니 지금은 주먹 크기만큼 커져 세상 사람들의 험담에 혹부리 영감이라고 하면 박인길을 가리키는 것으로 널리 알려졌다. 아무튼 왠지 모르게 고민거리였다. 의술이 발달하지 않은 이조 중기의 일로, 우선 이러한 혹은 평생 그 사람에 붙어 다니기 때문에 관 속까지 함께 가져가지 않으면 안 되는 것이 세상의 운명의 하나인 것처럼 생각되었다. 단 하나의 혹으로 고민하던 인길은 어느 해 가을도 이윽고 한창인 무렵 대성산에 표고버섯을 따러 나갔다가 돌아오는 길에 산중에서 아무래도 길을 잘못 들었는지 주암산 근처까지 되돌아오자 해가 홀쩍 저버리고 말았다. 해는 저물어도 어린 때부터 몇 번이나 지나다니던 낯익은 강가 오솔길을 모란대를 향해 강물의 옅은 빛을 이정표 삼아 돌아오니, 흥배 부근에서 매우 피곤함을 느껴 길가 돌비석 밑에 앉아 피로를 풀고 담배를 한 대 피우려고 불을 붙였다. 부근에 인가는 없지만 건너편 강변의 농가에서는 등불이 드문드문 빛나서 조금의 쓸쓸함도 느끼지 않았다.

인길이 두 대째 담배에 불을 붙였을 때 앉아 있던 뒤쪽에서 갑자기 사람이 춤을 추는 듯한 발소리와 함께 울울 울울하며 귀에 울리는 기묘한 소리가 들려 왔다. 놀란 인길이 뒤를 돌아보니 어둠 속에서 새하얀 인간 같은 자가 울울 소리를 내며 미친 듯이 춤을 추고 있었다. 인길은 틀림없이 도깨비가 나온 것이라고 생각하고 예전에 애였을 때 익숙하게 들어온 "도깨비를 만났을 때는 도깨비와 똑같이 하면 도깨비는 자기와 같은 무리라고 생각하고 물러간다."는 이야기를 떠올리고 즉시 백의의 요괴와 같은 옷차림으로 미쳐 춤을 추며 "울울", "울울" 하고 소리쳤다.

이윽고 인길도 피곤해졌지만 도깨비도 피곤해졌는지 같이 그 자리에 털썩 쓰러지고 말았다. 그러나 인길은 마음속에 무서움이 가득 차서 앞으로 어떻게 될 것인지 눈을 가늘게 뜨고 상황을 지켜보니 예의 백의의 요괴는 쓰러져 있는 인길의 근처로 기어가 "그대는 매우 기특한 인간이다. 나의 괴로움을 함께 춤춰 준 보답으로 그대의 오랜 고민거리인 혹을 떼어주겠다."고 인길의 오른쪽 뺨에 손을 대어 혹을 잡아 뜯었다. 그 후 평양 근처 묘지 입구에 세워져 있는 돌비석에는 양손에 단단히 돌 혹을 쥐고 있는 것이 세워지게 되었다.

인길 노인의 돌비석에 대한 보은이었다.

왜선기담 _{倭船綺談}

평양 성내 염점리(塩店里) 해산물 도매집 주인 김용묵(金用默)은 물건을 구입하러 어느 해 여름 황해도 해변으로 여행을 갔다. 품속에 상당한 자본을 넣고 처음에 황금포 부근을 돌아 어가에서 자반생선을 사서 말에 태워 평양으로 보냈다. 몽금포에서 해변을 따라 구미포를 향해 출발한 날 정오 조금 지났을 무렵, 왜선의 무사가 십수 명 구미포 근처에 상륙했다는 이야기를 듣고 갑자기 예정을 바꿔 평양으로 돌아가려 했는데, 그때는 이미 부근의 수십 부락의 주민들이 손이며 등에 많은 짐을 지고 피난을 시작해 김용묵 혼자도 걸을 수 없을 정도로 도로는 혼란상태에 빠져 있었다. 김용묵은 하는 수 없이 피난자와 행동을 같이 하며 칠불산 바위 동굴로 불안한 마음을 안은 채 숨어 있었다. 산중의 동굴 속에서 이틀 사흘 숨어있는 사이에 이어지는 피난민의 수는 계속해서 늘어 새로 피난 온 자의 이야기로는 몽금포에서 구미포에 걸친 일대는 수십 척의 왜선이 닻을 내리고 각 배에서 각각 수십 명의 무사가 상륙해 마구 휘젓고 다녀 당장이라도 전쟁이 일어날 것 같다는 소문뿐이었다. 김용묵은 장차 소동이 커지면 많은 돈을 가지고 있는 자신은 돈 때문에 위험해질 거라고 생각해서, 어느 날 밤늦게 혼자서 동굴 밖으로 빠져나가 부근의 큰 나무 아래를 파서 돈을 묻어 숨겨두고 나뭇가지에는 표시가 될 만한 생채기를 내 놓았다. 구멍에 숨은 지 열흘 째 되는 날의 일이다. 드디어 왜선의 무사 한 부대가 장연(長淵)을 향해 공격해 온다는 소문이 피난소에 전해져 수백 명의 피난민은 앞을 다투어 산중의 동굴을 나와 벌집을 건드려 놓은 듯이 울부짖으며 각자 사방으로 흩어져 그 소동은 왜선의 무사가 몰려온 것보다 커져 갔다. 김용묵도 이 소동에 숨겨둔 돈을 꺼낼 틈도 없이 목숨만 겨우 건져 오로지 동쪽으로 계속 달려 닷새째에 평양의 집으로 도망쳐 돌아왔다. 이로 인해 한 달 정도는 병이 나서 누워 있었는데, 그 사이에 몽금포 왜선도 물러가고 소동도 가라앉았다는 이야기를 듣고 김용묵은 숨겨두고 온 돈이 아까워 이번에는 하인을 한 명 데리고 칠불산으로 출발했다. 산에 도착해 돈을 묻어둔 장소를 표시한 나무는 쉽게 발견했지만, 묻어둔 돈은 누군가가 파내어 가버리고 구멍 안에 한 장의 종이쪽지가 묻혀 있었다. 종이에는 3년째에는 이 돈을 열 배로 해서 갚겠다고 씌어 있었다. 김용묵은 일체를 체념하고 맥없이 평양으로 돌아와 예전대로 장사를 하며 하루하루를 보내고 있었다. 그로부터 3년의 세월이 지난 어느 날 저녁, 김용묵의 가게에 멋지게 차려입은 남자가 시종 한 명을 데리고 찾아왔다. 주인을 만나고 싶다고 해서 김용묵이 만나 보니, 남자가 시종에게 들고 오게 한 짐 속에서 만 냥의 황금을 꺼내며 3년 전의 이야기를 했다. 남자의 이야기로는 몽금포 어부로 김용묵이 많은 현금을 가지고 있는 것을 보고 좋지 않은 마음이 일어 김용묵을 죽이고 돈을 빼앗을 계획을 세우고 있던 중에 생각지 않은 왜선의 내습으로 계획이 빗나갔는데, 김용묵이 피난한 뒤를 좇아 마침내 돈을 보기 좋게 빼앗을 수 있어 이를 자본으로 해서 장사를 시작해 일이 척척 진행되어 돈을 벌었다고 꿈같은 긴 이야기를 했다. 이 남자는 그 후 평양으로 옮겨와 살았는데, 김용묵과 수어지교의 사이가 되었다고 한다.

신선의 글

고구려 왕국은 제28대 보장왕에 의해 역사상에서 사라졌다. 불교에 대한 맹신과 국내에 가득 찬 적국 첩자 때문에 멸망한 것이다. 신라와 당나라 양 적국에게 비밀리에 국내의 기밀을 파는 고구려 국내의 첩자 인물은 모두 승려와 국정에 참여한 중신이었다. 보장왕 10년 가을 8월에 왕은 국위 선양을 기원하기 위해 주암사에 참배했다. 여러 엄격한 의식이 끝나고 절 경내에 있는 몽전(夢殿)에 들어 잠시 시간을 보냈다. 몽전의 사방에는 나무가 있고 연못이 있고 샘이 있었다. 거기에 바위를 배치해 착하고 아름다운 미를 다한 정원이 조성되어 있었다. 시종도 멀리 하고 기암에 기대어 심어진 싸리나무를 바라보고 있던 왕은 연못 중앙에서 부글부글 물거품이 계속해서 연못 바닥으로부터 끓어오르는 것이 눈에 보였다. 물거품이 계속 끓어오르는 연못 속에서 한 줄기 흰 연기가 솟아오르는 것을 보

167
신선의 글

고 있으려니 금세 흰 연기 속에 열 두셋의 동자가 한 명 떠올라 양
손에는 눈보다 높게 책 상자 하나를 받들고 연못 수면을 조용히 건
너 왕 앞으로 나아가 공손히 그 상자를 바쳤다. 왕은 조금 전부터
이상한 일에 마음을 빼앗기고 있었는데, 무심코 동자가 바친 상자를
받아 들었다. 상자 안에는 한 통의 봉서(封書)가 들어 있었다. 봉서
표면에는 봉한 것을 열면 두 사람이 죽을 것이다, 만약 봉한 것을 열
지 않으면 한 사람의 목숨을 잃게 될 것이다, 고 적혀 있었다. 왕은
주저하지 않고 봉서를 열어 안에 있는 책을 보니,

"몽전 바닥을 찔러라"라고만 적혀 있을 뿐이었다.

왕은 시종을 불러 힘이 열 사람 힘을 가졌다는 역전의 용사를 골
라 몽전 바닥을 찌르게 했다. 용사의 창이 한 번 두 번 바닥의 나무
를 관통해 은처럼 빛나는 창이 마루에 돌출되자 마루 아래에서 앗
하고 외치는 비명이 두 번 울렸다. 마루 아래에는 당나라 장군과 밀
약하며 보장왕의 목숨을 단축시키려고 큰 검을 차고 숨어 있던 두
남자가 창 때문에 찔려 죽어 있었다. 동자가 바친 봉서를 열지 않으
면 한 사람의 목숨을 잃는다고 한 것은 왕을 가리키는 것으로, 봉서
를 열었을 때의 두 사람의 죽음을 암시한 것은 마루 아래의 남자를
가리킨 것이었다.

168

팔지 않는 마음

    고려조 멸망기의 서쪽 경성(평양) 수장의 한 사람에 진(陳)이라는 장군이 있었다. 고려군은 강화도에서 패해 송도(개성)를 지키는 것도 무운이 좋지 않아 포기하고, 오백 년 고려조는 이룰 수 없는 꿈으로 깨어 사라졌다. 진 장군은 평양성의 운명과 함께 그 목숨을 바칠 결심이었는데, 벗과 지기가 권하는 대로 우선 망명했다. 묘향산 보현사로 도망가 승의 형상을 했지만, 마음은 항상 검을 잡고 고려조의 부흥을 기원하고 있었다. 수도는 한성에 정하고 인심이 안정되어 전란을 두려워한 민중은 오로지 왕조의 누구를 원하기 보다는 평화로운 세월이 계속되기를 바랐다. 진 장군의 망명생활도 이러한 분위기 속에 있어서 주위에서는 이단시되고 일상은 결코 즐겁지 않았다. 수 년 후에는 묘향산에서도 내쫓기고 승려 형상에 악귀의 마음을 가진 진 장군의 모습은 농가 대문에서 식사 한 끼의 조밥을 구걸해 먹어야할 정도로 떨어져 갔다. 이렇게 해서 또 수년의 세월이 흘러 진 장군과 함께 망명한 무인의 대부분은 각각 이조 병사로 부활할 날을 기다리며 옛날을 잊고 구국의 진성(鎭城)을 지키고 있었다. 진 장군은 이 이야기를 듣고 어느 해 홀연히 평양에 나타나 성내의 상점 문 앞에 서서 마음은 팔지 않지만 한 끼의 조밥에는 진심으로 고개를 숙인다고 외치며 몇 안 되는 사람의 호기심에 이슬 같은 목숨을 이어가고 있었다. 옛 벗이나 지기는 어떻게든 해서 진 장군에게 행복한 생활을 누리게 해주려고 노력했지만 진 장군은 사람들이 하는 말에 귀를 기울이려고 하지 않았다. 진 장군의 벗인 무장 한 사람이 어느 날 사저에 진 장군을 초대해 극진히 대접하고 새로운 의복을 주었다. 진 장군은 여느 때처럼 마음은 팔지 않지만 옛 벗의 은혜에는 깊게 감사한다는 뜻을 표했다. 무장은 그때 누구에게 말할 것도 없이 "한 끼의 조밥도 베푸는 주인이 누구이든 나라를 지키는 은총의 숨결이 들어있으니 그 생활 전부가 국왕의 자비이다. 누가 지금의 국왕을 등지고 하루의 생활을 해낼 자가 있겠는가."하고 탄식했다.

진 장군의 팔지 않는 마음은 사도(邪道)의 외침에 지나지 않은 듯했다.

패배 무사

　고니시 유키나가(小西行長)의 군세가 평양을 퇴진할 무렵, 패배 무사 둘이 몸에 부상을 입고 본진에서 떨어져나가 길을 잃고 헤매며 평양을 동으로 북으로 멀어져 갔다. 몸을 뚫는 듯한 찬바람과 바늘로 찌르는 듯한 혹한에 두 패배 무사는 작은 산 소나무 언덕 속에 있던 옛날 석실의 어두운 곳에 몸을 숨기고, 부근에서 소나무 잎을 모으고 무사히 멀리 달아난 농가의 빈집에서 짚을 모아 간신히 추위를 견디고 있었다. 상처 치료는 품속에 간직하고 있던 특효약 진중환(陣中丸)이 효과가 있었는지 사나흘 지나는 사이에 자연스럽게 나아갔다. 그러나 아무래도 넓은 들판에 곳곳이 올라온 작은 산 송림이 군데군데 있는 지세로는 패배 무사 둘이 이국에서 생활하기에는 매우 불안한 점이 있었다. 두 패배 무사는 서로 의논해서 밤이 되자

낮에 정해둔 북서쪽 깊은 산으로 위험을 무릅쓰고 더 멀리 달아났다. 거기에도 오래된 많은 석실이 있어 숨어 살기에는 좋았다. 패배 무사는 산기슭 농가에 아직 사람들이 돌아오지 않은 것을 다행으로 생각하고 저녁에 석실을 나와 먹을 수 있는 것을 찾아 계속 석실에 비축했다. 다만 곤란한 것은 만물이 모두 얼어붙는 혹한이어서 음료수도 얼음을 끓이지 않으면 마실 수 없고 먹을 것도 취사하지 않으면 먹을 수 없는 점이었다. 이러한 생활이 두세 달 계속되다 대동강 강물도 풀리고 적토의 서리기둥도 하루하루 다르게 사라져 봄이 돌아왔다.

고니시의 군세가 다시 회복되어 평양성으로 몰려오는 것을 기다리고 있었는데, 이는 아무래도 슬픈 헛된 바람이라는 것을 깨닫게 되어 두 사람의 생활은 매우 희망이 없어지고 일상생활도 자연 거칠고 난폭해졌다. 마침내 반 년 뒤에 숨어 살던 곳을 산기슭의 농민에게 들키고 말았다. 패배 무사는 걸을 수 있는 한 동쪽으로 도망갔다. 두 사람이 살고 있던 석실에는 투구와 갑옷이 남겨진 외에 한 자루의 퉁소가 있었다. 부락 사람들 중에서 피리를 불 수 있는 사람이 시험 삼아 피리를 불어보니 피리보다 더욱 몇 배의 슬픈 소리를 내는 것이었다.

필자는 대동군 시족면(柴足面)의 어느 산촌 옛집에서 이 이야기를 노옹으로부터 듣고 당시부터 가보로 전해져온 한 자루의 피리를 보게 되었다. 분명 그 피리는 이제는 벌레가 좀먹은 작은 구멍투성이로 정말이지 사백 년 전의 소지자를 떠올리게 하는 느낌이 있었다. 이야기는 단지 그 정도이지만, 두 패배 무사는 모두 할복해 이국의 산야에서 죽음을 선택했을 것으로 상상된다.

지옥의 황금

　지금으로부터 백오십 년 정도 옛날의 일로 평양 내에 살고 있던 김대현(金大鉉)은 부모에게 물려받은 가산으로 놀며 지내고 있는 사이에 거의 탕진하고 많은 가족을 이제부터 어떻게 먹여 살릴 것인지 걱정하기 시작했다. 노는 방법으로는 모르는 것이 없을 정도의 풍류인인데, 일해서 돈을 버는 일에는 세 살 동자에게도 뒤떨어지는 지혜밖에 가지고 있지 않았다. 그러나 그렇다고 해도 내일 곤란해지더라도 오늘 하루 노는 것이라면 가지고 있는 것을 전당포에 맡기고라도 친구와 놀러 돌아다녔다. 이윽고 집도 저택도 팔아먹은 결과 부모 대대로 살던 성내의 집에서 쫓겨나, 부모 대에 입수한 모란대 북쪽 소나무밭 가운데에 낡고 허름한 집으로 가족을 데리고 이사를 갔다. 더운 여름이 지나고 가을이 되었는데 그것도 눈 깜짝할 사이에 지나가 겨울 초입이 되어 절임김치를 담글 때가 되었다. 김대현은 항아리 하나 분량의 김치 준비도 할 수 없을 정도의 가난한 사람이 되어 버렸다. 그는 가족이 성가시게 이야기를 하자, 시장에서 밤에 야채 찌꺼기를 주워와 대문 앞에 흩뿌려놓고 마치 김치 담글 재료를 사들인 것인 양 꾸며 넓은 정원에는 김칫독을 묻을 큰 구멍을 몇 개나 파서 흙을 대문 앞에 쌓아 올렸다. 구멍을 파면서 대현은 지나간 날의 호화로웠던 유흥을 떠올리며 마음속으로 생각하면서 저녁이 되는 것도 잊고 구멍 안에 들어가 있었다. 다섯 척이나 파놓은 구멍 아래가 갑자기 쿵 하고 꺼지며 자신도 땅속 지옥에 떨어진 것이 아닐까 생각될 정도로 깊은 땅바닥으로 떨어져 엉덩방아를 찧었다. 잠시 동안 놀란 것과 엉덩방아를 찧은 아픔에 자신이 어떤 곳으로 떨어졌는지 몰랐는데, 이윽고 정신이 들어보니 지금 떨어진 장소는 아무래도 옛날 움막이 있던 터인 듯 상당히 넓은 방이 지하에 지어져 있고 돌이 튼튼하게 깔려 있었다. 오랜 동안 지상과 출입할 수 없었던 탓에 실내는 축축하게 음기가 있고, 자신이 떨어진 구멍이 하늘을 향해 뻥 하고 크게 입을 벌리고 있어 저물어가는 겨울 희미한 저녁 빛이 비추고 있을 뿐이었다.

움막 안에는 여러 도구가 놓여 있는데, 긴 세월 이곳에 숨겨져 있던 때문인지 손을 대면 어느 것이든 흐슬부슬 무너져, 대현이 움막이라고 안 순간 가슴에 그린 엄청난 공상은 움막 안의 물건을 하나 집어 들자 그 중 하나가 맥없이 허물어지면서 꿈은 날아갔다. 금전으로 대체될 수 있는 물건이라면 고양이의 사체라도 갖다 쓸 요량이었던 대현의 욕심이 완전히 사라졌을 때, 문득 방구석에 쌓여있던 삼베 자루에 손을 댔다. 그랬더니 생각지 않은 행운이 돌아왔다. 자루가 너덜너덜 찢겨져 있는데, 그 안에서 큰 알맹이 작은 알맹이의 황금이 빛깔도 찬란하게 빛나며 사금이 마루 가득히 떨어져 흩어졌다.

김대현의 행운의 전설의 땅을 방문해보니 지금의 청암리(淸岩里) 주암사(酒岩寺) 터의 경내 일부에 해당하는 장소로, 고구려시대 보고(寶庫)의 하나였던 것이 아닐까 생각된다.

안국사_{安國寺}의 기적

평양에서 하루 일정으로 갔다 오는 하이킹 코스에 순천군(順川郡) 사인장(舍人場)의 고찰 안국사가 들어가 있는데, 적어도 그 창건은 천사오백 년의 옛날로 거슬러 올라가 고구려 왕국의 불교 전성 시대였을 것으로 고(故) 세키노 다다시(關野貞) 박사는 답사 결과를 보고했다. 이 절의 대웅전에 안치되어 있던 본존불은 신장 육 척에 얼굴 모양은 사람 얼굴의 추함을 전부 씻어내고 아름다움을 극도로 높인 듯이 모든 수도자의 고뇌를 소거하고 환희의 혼을 연마하려는 것처럼 정화되어 있어, 아마 대륙에서 전해진 불상 중의 하나였을 것이라고 이야기되고 있다.

지금으로부터 삼백 년 정도 오래된 일이다. 평양을 휩쓸고 다니던 악인의 한 사람이 악운이 다해 포졸에 쫓겨 목숨만 겨우 살아 간신히 도망쳐 사인장 산 깊숙이 도착했다. 포졸의 추급이 점점 심해지고 도망갈 방법도 없어 악인은 안국사 경내로 도망갔다. 평양에서 온갖 죄업을 저지른 악인은 괴로움을 달래려고 안국사로 도망쳐 들어갔는데, 뒤에 바싹 따라온 포졸 발소리에 숨을 곳을 찾아 대웅전에 숨어 들어간 순간, 중앙의 한 단 높은 곳에 안치되어 있는 등신대 황금이 빛깔도 아름다운 본존불의 자비로운 상을 한눈에 보고 지금 자신이 죄로 쫓기고 있는 극악무도한 인간이라는 것도 잊고 온화한 기분이 되어 자신도 모르게 불전에 앉아 얼굴을 조아렸다. 악인은 불전에 머리를 숙여보기는 했지만 마음속에 딱히 뭔가를 염원하지도 않고 잠시 있다 머리를 들어 본존불 얼굴을 바라보니, 이상하게도 부처님의 얼굴은 빙긋 미소 지으며 오른손으로 한두 번 부르는 듯이 생각되었다. 물에 빠진 자가 지푸라기라도 잡으려는 심리로 악인은 비틀비틀 일어서자마자 본존불이 있는 단으로 올라가 그 뒤로 숨었다.

이것이 불과 2, 3분에 생긴 일인데 악인으로서는 상당히 긴 시간이 지난 것처럼 생각되었다. 곧 포졸 십 수인이 신발을 신은 채 여기라고 외치며 대웅전 큰 문을 거칠게 열어젖히고 안으로 뛰어 들어

180

왔다. 그러나 그때 불상 얼굴은 지금까지와 마찬가지로 자상한 모습으로 흘러넘쳐 단상에서 포졸에게도 따뜻한 눈길을 던지며 소리 하나 나지 않는 정적이 흘렀다. 분명 도망쳐 들어갔다고 생각한 포졸들은 각자 안을 찾아봤는데, 불상 뒤에 주뼛주뼛 숨어있던 악인을 발견하지 못하고 투덜투덜 불평하며 떠나갔다. 살고 싶은 일념으로 숨은 악인도 포졸이 떠나고 몸의 안전을 깨닫자 안정이 되어 이런 장소에 숨어 있는 자신을 발견하지 못하는 것이 신기해, 마침내 부처의 가호가 두터웠던 것을 절절이 깨닫고 마음 깊은 곳 어딘가에 아직 조금이나마 남아 있는 양심이 무럭무럭 크게 동하기 시작해 지금까지의 죄의 무서움이 몸에 사무쳐 왔다. 양심을 돌이킨 악인은 그대로 삭발하고 안국사 법당 지기가 되어 일생을 마쳤다.

귀녀鬼女

당과 신라의 연합군이 밀치락달치락하며 고구려 왕성 평양으로 공격해 왔다. 고구려 왕국 28대 보장왕의 재위 27년 가을 9월의 일이다. 성을 에워싼 지 한 달 남짓, 98명의 장군이 수비를 단단히 하고 싸움을 계속했는데, 마침내 백기를 높이 들고 항복했다. 왕의 일족은 성문을 닫고 성에 틀어박히기를 닷새, 당나라 군사가 보낸 밀사가 이미 성내에서 밀통해 마침내 평양성은 함락되었다. 기세를 탄 당나라 병사는 마을에서 마을로 쇄도해 금은 재화, 부녀자, 소, 말까지 눈에 보이는 것을 빼앗아 삼백 년 왕성의 땅은 하룻밤에 황폐해지고 눈 뜨고 못 볼 정도로 초토화되어 버렸다.

평양성이 함락된 지 며칠 후에 모란대 소나무 숲에서 하늘 높이 한 줄기 연기가 뭉게뭉게 피어오르는 것을 본 당나라 병사는 패잔병과 손마다 무기를 들고 달려들었다.

언덕 중간 정도의 좁은 장소에 보통 사람과는 다르게 덩치가 큰 여자가 서서 달려오는 당나라 병사를 바라보며 껄껄 하고 하늘을 향해 웃음소리를 소리 높여 외치고 있었다.

"공격해 오는 병사여, 자신 있는 사람은 와서 나를 잡은 다음 술값으로 매춘부로라도 팔아버려라." 하고 겁을 내지 않는 모습에 당나라 병사는 성나 이 여자를 향해 달려갔지만 한 자루 막대기를 손에 든 여자에게 모두 두들겨 맞고 굴복했다. 귀녀와도 같은 거인 여자에게 당나라 병사는 호되게 경을 치고 이윽고 해가 떨어져 어두운 저녁이 찾아왔다. 괴이한 여자 때문에 괴로워하던 군사들은 산기슭을 멀리 돌아 에워싸서 이 괴이한 여자가 도망치는 것을 잡으려고 경계를 게을리 하지 않고 밤을 새우고 있는 사이에 소나무 숲속에서 백 개의 우레가 한 번에 치는 양 큰 울림이 울리고 바로 병사 머리에 크고 작은 돌덩어리가 비처럼 쏟아져 내렸다. 낭패한 군사들은 다만 우왕좌왕할 뿐 어쩌지 못하고 도망쳤는데, 활활 타는 불꽃이 하늘도 태워버릴 양 타오르며 산을 다 태워버렸다. 너무나 엄청난 일에 무서워 벌벌 떨고 있는 사이에 밤이 하얗게 밝아, 괴이한 여자는 왼손에 큰 꾸러미를 안고 모란대의 계속 이어지는 산을 북쪽으로 연신 달려 사라졌는데, 전날 밤의 일을 무서워하던 병사는 누구 하나 뒤를 좇는 자도 없었다. 전쟁의 참화는 완전히 가라앉았다. 고종 원년 무진년에 평양에는 안동 도호부가 설립되었는데, 그 후 대성산 기슭 소나무 숲속에 가슴에 커다란 꾸러미를 꽉 껴안고 객사한 거인 여자가 한 명 있었다.

가슴에 안고 있는 꾸러미 안에는 보장왕의 목이 들어 있었다. 역신 때문에 살해당한 보장왕의 머리를 마지막까지 지켜내고 힘이 다할 때까지 안학궁 뒤뜰에서 죽은 거인 여자는 보장왕의 유모였던 것으로 밝혀졌다. 머리는 이레 동안 평양성 문에 걸려 있었는데, 밤마다 신장이 칠 척 남짓 되는 귀녀가 나타나 걸린 목을 바라보고는 주룩주룩 계속해서 눈물을 흘려 문지기 관리도 무서워 어쩔 줄을 몰랐다고 한다.

고구려 멸망에 얽힌 최후의 애화 중 하나이다.

못생긴 부인의 기지

정인남(鄭仁南)이라고 하는 관리가 기성(箕城)의 배 수리 일을 명받았다. 기성은 대동강을 앞에 두고 해로로 중국 대륙이나 요동 방면으로 교통이 빈번해, 배를 수리하는 일은 당시 매우 큰 임무의 하나였다. 어느 날 한 노옹이 정인남의 집을 찾아와 아내를 얻으라고 연신 권했지만 그는 아직 모아 놓은 돈도 없고 아내를 들일 돈이 없다고 일단 거절은 해봤지만, 노옹은 아내를 맞이하는 일을 대업으로 하면 돈은 들지만 요령을 알면 큰돈을 쓰지 않아도 된다고 하면서 아내가 될 처자를 가마로 영제교(永齊橋)까지 보낼 테니 거기서 몰래 받아 집으로 데리고 돌아가도록 가르쳐줬다. 약속한 날 정인남은 말을 타고 영제교까지 가서 잠시 기다리고 있었는데, 멀리 동쪽 길에서 여자의 가마가 언덕을 내려왔기 때문에 이를 데리고 자신의 집으로 돌아갔다. 방에 들어가 비로소 처자의 얼굴을 자세히 보니 매우 못생긴 추녀로 노옹의 계략에 걸려들었다고 화를 내고 있는데, 수선을 피우면 자신의 치욕이 세상에 알려질까 생각되어 그대로 참고 불쾌한 생각을 가슴에 숨긴 채 아내로 맞이해 살았다.

그로부터 일 년 정도 지나 중국에서 조공의 독촉이 자주 와 마침내 배로 십 수 명의 사자가 기성에 도착했다.

사자는 곧 오랜 동안 끊겨 있던 조공 독촉을 하면서 성의를 보이려면 자신에게 은 일만 냥을 바치라고 하는 엄중한 명을 하달했다. 헌납할 은을 모을 때까지 사자는 기성에 체류하게 되었다. 계속된 전란에 민심은 관을 떠나고 도적의 봉기도 자주 있어서 일만 냥은 고사하고 천 냥 은도 모일 조짐이 없었다. 정인남에게 조공 독촉 사자의 이야기를 들은 아내는 한 가지 묘책을 남편에게 알려주고 교섭을 맡도록 권했다. 관아에서는 누군가 이 난국에 한 몸 던져 사절단 일행을 본국으로 잘 돌려보낼 자는 없는지 찾고 있었기 때문에 인남은 마침내 자신이 하겠다고 말을 하고 이 어려운 임무를 떠맡기로 했다.

정인남은 우선 아름다운 관기 수 명을 뽑아 묘책을 알리고 연광정에 사절을 초대해 긴 저녁 연회를 성대히 향응해 흥이 고조되었을 때를 봐서 대동문 누각 위에서 세 발의 대포를 동쪽을 향해 쏘도록 했다.

사절은 근처에서 대포가 발사되어 놀라 낭패해서는 옆자리에 있는 관기에게 무슨 일이 일어났는지 물었다.

"이번에 중국에서 은 일만 냥을 바치라고 엄명이 있었는데, 이를 백성이 벌써 듣고 계속된 전란으로 곤란한 데다 또 징발을 당했다가는 굶어 죽는 외에 방법이 없다, 굶어 죽을 바에는 난을 일으켜 관병을 죽이고 나서 죽겠다고 해서 기성 성 밖 여기저기에서 난이 일어났습니다. 방금 난 대포소리는 관병의 전세가 좋지 않아 급한 알림 신호 포탄일 겁니다."

관기가 몸을 떨며 대답했다.

사절은 호위병도 적어 몸의 위험을 느끼고 연광정 마루를 우왕좌왕 하고 있을 무렵, 전신에 새빨간 피를 뒤집어쓰고 무장 정인남이 "사절은 어디에 계시오? 위험합니다, 위험해요. 빨리 도망치지 않으면 난이 여기까지 몰려올 것이오." 하고 소리치며 넘어질 듯 뛰어들어 왔다.

조금 전부터 소동에 놀라 있던 사절은 지금의 정인남의 모습을 보

못생긴 부인의 기지

고 혼이 빠질 정도로 무서워 떨면서 정신없이 말을 타고 멀리 북쪽을 향해 죽어라고 도망쳤다. 사흘 뒤 사절이 압록강을 넘어 지금의 만주까지 도망쳤다는 이야기를 듣고 기성의 관민은 누구나 정인남의 공을 칭찬했는데, 이는 추녀 아내의 기지였던 것이다.

둔갑하는 비석

　지금은 흔적도 없이 치워져 버렸지만 선교정(船橋町)의 청일전쟁 기념비의 동쪽 경의가도 도로변 밭 양쪽에는 이조시대의 추억을 붙들어 관찰사나 군수의 영세불망비(永世不忘碑)가 장소가 비좁을 정도로 세워져 있었는데, 이것이 치워진 것은 대동강에 인도교가 세워진 공사 때였다. 영세불망비는 관리에 대한 백성의 의무의 하나인 듯 건립되었고, 또 이름을 선정비(善政碑)라고도 불리고 있다. 죽 늘어선 선정비에 섞여 의견비(義犬碑)도 있었는데, 지금은 오래된 평양 사람의 꿈에서만 나오는 이야기에 지나지 않는 과거의 일이다. 선정비가 수많은 가운데 무슨 이유인지 단 하나만 길이 오 척 정도의 돌비석이 하나 세워져 있었다.

　이조 말경 성내에 사는 김선칠(金善七)은 초여름 어느 날 볼일이

191

둔갑하는 비석

있어 중화(中和)에 갔다가 해질 무렵 간신히 선교리까지 돌아왔다. 피곤한 다리는 지지부진해 나아가지 않아 길가의 돌에 걸터앉아 잠시 쉬고 있는 동안에 해는 완전히 지고 달도 뜨지 않은 밤으로 등불을 준비해오지 않은 것을 후회했지만 그보다 대동문의 문을 닫을 시간이 이미 지나버렸기 때문에 강을 건네주는 자의 집에라도 부탁해 날이 새기를 기다리는 외에 방법이 없어 무거운 다리를 끌고 어두운 밤길을 선정비가 늘어선 부근까지 왔다. 문득 어디선가 곧 사람소리가 들려왔다. 선칠은 자신과 마찬가지로 같은 밤길을 등불을 잊은 사람이 외로움을 달래려고 이야기를 하면서 걷고 있는 것이라고 생각해, 길동무가 있으니 어쩐지 마음 든든하다고 생각하며 다시 어둠 속에 떠 있는 검은 대동문을 멀리 대동강 건너편으로 바라보면서 계속 걸어갔다. 그러나 조금 전부터 계속 귓가를 울리는 사람 소리는 멀어지지도 않고 가까워지지도 않은 채 선칠의 몸에서 떨어지지 않았는데, 이번에는

　"선칠아!"

　"선칠아!"

하고 자신의 이름을 분명히 부르고 있는 것을 알아챘다. 길은 코를 잡아당겨도 모를 정도로 어두워 자신을 어디서 누가 부르고 있는 것

192

인지도 알 수 없었다. 이렇게 해서 선칠은 대답도 하지 않고 있으려니, 다시 "선칠아!", "선칠아!" 하고 두 번의 목소리가 전보다 강한 어조로 불렀다. 선칠은 누군지 알 수 없지만 아무튼 자신을 부르고 있는 것임에는 틀림없기 때문에,

"어이, 누구시오?"

하고 정중하게 대답을 했는데, 다음 소리는 어디에서도 들려오지 않았다. 자신이 가는 길의 십여 미터 앞에서 백의를 입은 인물이 길 중앙에 서 있는 것이 밤길 눈에도 흐릿하게 보였다. 밤길을 홀로 걷고 있었기 때문에 쓸쓸한 나머지 뛸 듯이 백의를 입은 사람 있는 곳으로 달려간 선칠은 앗 하고 소리를 지르며 놀랐다. 길 중앙에 서서 조금 전까지 자신을 부르고 있던 것은 길이 오 척 남짓의 대리석으로 만들어진 비석이었던 것이다. 그렇지만 평소 다부진 성격의 선칠은 순간 이것이 도깨비의 장난이라고 여겨 비석의 얼굴을 노려보며 길 중앙에 멈춰 서자, 돌 비석은,

"선칠아! 내 얼굴을 기억하느냐?"

하고 말하고는 바로 껄껄껄 소리 높여 웃었다. 그리고 길이 오 척의 이 비석은 금세 길이가 쑥쑥 늘어나 깜깜한 하늘로 솟아 올라갔다.

선칠은 앗 하고 외마디 비명을 지른 채 그 자리에서 기절하고 말

둔갑하는 비석

았다. 다음날 아침 이른 여행객에게 선칠이 쓰러져 있는 모습이 발견되었는데, 차가운 시체로 변해 있었다. 선칠은 성내 경제리(鏡齊里)에 사는 석공으로, 평소 다른 석공보다는 비율이 높은 공임을 탐했다고 전해지고 있었다.

국난을 구한 딸

　몽고의 징기스칸이 만주 대륙을 병합해 반도로 남하한 것은 고려 조 희종 2년의 일이었다. 그로부터 12년 후, 23대 고종 5년에는 평양 부근은 몽고군 때문에 유린되었다. 고종이 재위한 46년간 몽고군의 침략은 여섯 차례에 이르렀는데, 평양은 항상 전쟁 참화의 중심이 되었다. 이 이야기는 그 무렵에 일어난 비극의 하나로 전해지고 있다.

　성내 한 상인의 딸이 몽고군 때문에 포로가 되어 군장 측근에서 일을 하고 있었다. 외동딸을 잃은 아버지는 매일 울며 슬퍼하고 있었는데, 한 번이라도 딸을 만나고 싶은 마음을 염원해 마침내 막대한 운동자금을 들여 진지 안의 한 사병을 아군으로 끌어들일 수 있었다. 부녀의 정이 절실한 것을 안 적의 병사에게도 피도 있고 눈물도 있었는지 아버지에게 그 딸을 만날 방법을 가르쳐 주었다. 딸은 지금 군장 측근에서 심부름을 하고 있어 좀처럼 만날 수 없는데 단 하나의 위험한 다리를 건너면 만날 방법이 있다고 하면서, "군장은 매일 밤 야심한 시각에 차가운 물을 마시는 습관이 있어 딸이 한밤중에 정원 끝의 우물까지 그 물을 뜨러 나오니까, 우물가에 숨어 있다가 딸을 만나시오."라는 것이었다.

딸을 만나고 싶어 어느 날 밤 진지 안으로 숨어 들어가 밤중이 되는 것을 일각이 여삼추로 기다리고 있는데, 밤도 이경(二更)을 지나 군장의 방문이 열리고 딸이 우물가 근처까지 걸어왔다. 부친은 뛰어나가 딸에게 말을 걸었다. 딸은 놀라 앗 하고 소리를 지르려다 그랬다가는 두 사람 모두 붙잡힐 거라는 생각이 들어 간신히 격정을 가라앉히고 서둘러 침소로 돌아가 손에 작은 상자를 들고 다시 우물가로 돌아왔다. 딸은 아버지에게 작은 상자를 건네며, "제 목숨은 없는 것으로 생각해 주세요. 아버지 얼굴도 못 보고 죽는다고 생각하고 있었는데 오늘밤 이렇게 만날 수 있어서 기뻐요. 지금까지 수치를 참고 살아온 보람이 있었어요. 내가 이곳을 도망쳐 나가면 가족 모두에게 화가 미칠 테니 아버지는 이 보물 상자를 가지고 여기서 즉시 먼 산중으로라도 도망가길 바래요. 내일은 분명 아버지를 찾으러 다닐 거에요." 하며 눈물을 흘리며 말했다. 아버지는 딸의 신상을 걱정하면서 마음은 남겨두고 그날 밤 안에 강동 쪽으로 도망갔는데, 다음 날 아침 큰 소동이 벌어졌다. 군장 비장의 보물이 없어졌고 딸은 우물가에서 보기 좋게 자진해 있었다. 군장은 밤중에 자신의 신변 근처에 적군이 몰래 들어온대서야 여기서는 편하게 머물 수 없어 마음속 공포 기분을 누를 길 없었다. 마침내 병사를 정리해 멀리 만주로 퇴진했다.

천하 제일의 쥐

천하의 기이한 경승지 모란대에 더욱 그 경취를 더하는 초록빛 기자(箕子)의 소나무 숲속에 고요하고 이끼 낀 상태로 세워져 있는 조묘(祖廟) 기자의 무덤은 시(詩)의 도읍지 평양을 찾아오는 풍아(風雅)한 사람이 동경하는 곳이다. 기자 조묘의 외벽 돌을 쌓은 성루 틈에 오랜 세월 동안 들쥐 일족이 살고 있었다. 적령기가 된 들쥐 자식에게 부모가 아내를 구해주려고 어느 날 쥐 가족 중에서 노옹과 시어미 두 마리가 활발히 상의하기 시작했다. 상담 결과는, 천하의 모란대에 사는 우리는 이 자식을 낳아 깊게 사랑하고 있는데 반드시 국내의 비교할 데 없는 거족(巨族)에게 인연을 구해 일족의 번영을 기약하고 싶은데, 천하에서 가장 거족은 아무리 생각해도 하늘이니까 하늘에게 아내를 구하자는 것이었다.

사자를 하늘에 보내 많은 선물을 들고 신부감을 구하자,

"나는 자주 대지를 덮어 만물을 낳고 기르고 있다는 점에서는 나를 이길 자가 없지만, 다만 생각해보니 구름이 있다. 구름은 자주 하늘을 덮기 때문에 나는 구름만 못한 것이다."

이렇게 하늘이 길게 탄식했다.

돌 틈 사이의 쥐 일족은 천상의 말을 지당하다고 여기고 이어 구름에게 사자를 보냈다.

"나는 우주를 가득 덮고 해와 달의 빛을 방해하며 산하를 어둡게 만물을 혼미하게 하는데, 바람이 또한 있다. 나는 바람만 못하다." 하고 구름 역시 긴 탄식을 오랫동안 하고 있었다.

인연 찾기는 세 번째로 바람을 향했는데, 바람은 "내 힘은 천하의 만물을 무너뜨려 강과 바다의 물을 일렁이게 하지만, 그러나 모란대는 자주 내 힘을 이겨 꿈쩍도 하지 않는다."고 대답했다.

들쥐는 자신이 사는 모란대야말로 인연을 맺을 지당한 거족이라고 여기고 말을 극진히 해 사자를 보내 혼인을 구하자, 진심으로 열의를 담고 있지만 왠지 모란대는 말하기 어렵다는 듯이 어떠한 답도하지 않고 사자를 돌려보냈다.

"나는 천하의 기이한 경승으로 천하의 사람들도 내 모습을 동경해

수목을 자라게 하는 물을 지니고 조용히 생을 즐기고 있는데, 정말이지 때때로 여러 곳에 구멍을 파서 삶을 영위하는 들쥐 일족에게는 이기지 못한다. 이 일족에게는 도저히 당할 재간이 없어."

하늘에 청해 구름을 얻었고, 구름에 청해 바람을 얻은 들쥐도 모란대의 가르침에 배울 곳이 있어 일족은, "천하무쌍의 거족은 나만한 것 외에 전혀 없다."고 깨달은 듯했다.

정말이지 쥐 일족은 사람에게조차 밤의 가정의 평화를 어지럽히는 경우가 종종 있다.

천하 제일의 쥐

호랑이 정기

 낙랑군이 다스리던 지역 부근에 한 부농이 살고 있었다. 이 집에는 자매 둘의 아이가 있었는데, 주인은 사랑하는 아이를 위해 가정교사를 한 명 고용해 공부를 시켰다. 가정교사는 오(吳)라는 성씨였다. 오씨는 두 아이를 친절하게 가르쳐 인도했는데, 단 하나 이상한 점은 틈만 있으면 외출하고 외출하면 항상 밤이 되어야만 돌아오는 것이었다. 오씨는 부호의 가정 어느 누구로부터도 존경을 받고 있었는데 아무래도 보통 교육이 있는 자와는 다른 점이 있기 때문에 주인은 불안히 여겨 어느 날 몰래 오씨의 방 장지문에 구멍을 뚫어 안을 들여다보니, 실내에는 나이든 큰 호랑이 한 마리가 방안 가득히 자고 있어 놀라 도망을 쳤다. 그러나 주인은 소양이 있는 인물이어서 가족에게는 한 마디도 말하지 않고 언젠가 이 교사를 좋게 거절할 수단을 생각하고 있었다.

　언젠가 오씨는 주인의 거처로 와서 자매를 자신의 아내로 맞고 싶
다고 부탁했는데, 주인은 시치미를 떼고 "당신같이 학식과 덕망이
있는 사람을 딸의 지아비로 삼는 것은 진심으로 기쁜 일이지만, 나
혼자서 지금 대답할 수 없기에 사흘만 생각해 보겠소."
하고 모양새 좋게 그 자리를 모면하고 혼담을 거절할 구실을 생각하
고 있었다. 그 다음날 큰 말을 타고 노인이 주인을 찾아 왔다. 오씨
의 친족인데 딸을 꼭 달라고 간청하는 것이었다. 그래서 주인은,

　"내 집은 오래된 가문으로 명예를 소중히 여기므로 인간이 아닌
자에게는 딸을 줄 수 없다."고 딱 잘라 노골적으로 거절했다.

　노인은 주인의 말에 화를 내며 큰 소리로 주인과 말싸움을 하고
있었는데, 고용인들이 무슨 일이 일어난 것인가 하고 방망이를 들고
두 사람이 있는 방으로 뛰어 들어왔기 때문에 노인은 놀라 도망쳤
다. 오씨의 모습도 이 소동과 함께 사라져 버리고 노인이 타고 온
말만 문 앞 버드나무에 묶여 있었기 때문에 조사해 보니 말로 보였
던 것은 고목을 많이 다발로 묶은 장작으로 만든 말이었다.

　그 다음날, 아침 일찍 집 주위가 갑자기 소란스러워져 집안사람들
이 일어나 나가보니 많은 병대가 손마다 활을 들고 말을 타고는 큰

칼을 허리에 차고 공격해 몰려 왔다. 주인은 분명 호랑이가 복수하러 온 것이라고 생각해 가족에게도 각각 무기를 들게 해 집 주위를 둘러싼 병사와 응전하게 했다. 쌍방에서 서로 쏘는 화살이 빗발치듯 날아오는데도 집안사람들이 한 사람도 부상을 입지 않고 있는 사이에 집 주위를 포위한 수상한 병사는 도망쳐 버리고, 그 자리에는 많은 화살과 고목으로 만든 말이 쓰러져 있었다. 부호의 집도 이런 소동이 있은 지 삼 년째에 대흉작 때문에 몰락해 버렸다고 전해지고 있다.

명기 名妓 김연월 金蓮月

김연월은 기성(箕城)의 명기로 수많은 관기 중에서도 그 박식함과 재주 많음이 풍류인들 사이에서 이야기되고 있었다. 연월의 집은 연월이 아직 관기가 되기 전부터 상당한 자산이 있어 풍족한 생활을 보내고 있었는데, 슬프게도 집안이 매우 비천한 탓에 타고 난 미모가 그녀로 하여금 관기가 될 운명을 주었다. 연월은 지금으로부터 삼백 년이나 오래 전 이조 중기의 기성의 관기로 전해지고 있다. 그 시절은 부유한 가정에서 성인이 되어 상당한 교육을 받아 시대를 흐르는 관존민비 풍조에 통렬히 반감을 품고 여자이지만 당시의 사조에 반항했는데, 관기라고 하는 마음에도 없는 직업에 불평불만의 나날을 눈물로 보내고 있었다.

연월은 대관의 성대한 연회석에서 시를 읊고 그림붓을 들고는 죽 늘어선 관리들보다 훌륭한 것을 그려내 초연히 기품을 잃지 않아 어느 새인가 동료와 하급 관리가 상당히 질투의 눈길로 바라보게 되었다. 기품이 높은 연월은 결코 다른 관기가 누구나 밟는 관리를 위한 두 번째 부인 생활을 감수하지 않고 스무 살 처녀, 스물다섯 처녀로 불리면서 서른을 지날 무렵에는 석녀(石女)라는 말조차 들을 정도로 감연히 최후의 선을 끝내 지켜내 흙탕물 속에 핀 연꽃 같은 일상생활을 계속하고 있었다.

어느 해 여름 저녁의 일이다. 대동강 호반 오랜 버드나무 아래에서 더위를 식히고 있는데, 홀로 산보하며 느릿하게 소요하고 있으니 흰 소 한 마리를 탄 유학자가 연월의 모습을 보고 말을 걸었다. 자신은 멀리 남쪽에서 기성 팔경의 시흥에 도취되어 멀리 시적인 여행을 계속해왔는데, 지금 간신히 그리운 땅에 도착할 수 있게 되었다. 그래서 뜻밖에 당신과 같은 아름다운 여인을 만나게 된 것은 정말로 기쁘기 그지없다. 당신의 이름은 뭐라고 하오, 하고 물었다. 연월은 유학자의 태도나 말에 매우 호의를 느껴 마음으로부터 넘쳐 나오는 기쁜 기색을 얼굴 가득히 나타내며, 나는 연월이라고 하는 천한 집안의 여자입니다만 시에 대한 소양도 조금 있습니다. 만약 괜찮으시면 당신이 기성을 구경하는 동안 내 집을 자기 집이라고 생각하고 마음 편하게 묵으세요, 하고 흘러넘칠 듯한 미소를 지으며 대답했다.

유학자와 연월의 즐거운 취미 생활은 그날 밤부터 시작되었는데, 연월은 이때부터 병이 났다고 구실을 대고 어떠한 대관의 연회도 거절했다. 서른을 넘어 비로소 인생의 봄이 돌아온 것이다. 여름에서 가을이 되어 기성 고도의 달은 아름답게 하늘에는 남쪽으로 날아가는 기러기가 연신 울며 지나갔다.

그 무렵 연월이 결혼했다는 소문이 동네 전체에 퍼져 관청에서는 관기가 무단으로 폐업한다든가 결혼하는 일은 매우 성가시게 굴어 가정 상태를 은밀히 조사를 시작했다. 소문이 아무래도 사실인 듯, 어느 날 관리가 바깥문을 통과해 연월의 집을 방문했다. 조사를 받은 이상은 처벌받을 것을 각오하고 연월은 관리가 방문하는 것도 아랑곳 하지 않고 안방에서 유학자와 둘이서 당나라 종이를 펼쳐놓고 그림 그리기를 즐기고 있었다.

발소리도 거칠게 실내에 들어온 관리는 앗 하고 소리를 낼 뻔한 광경을 눈앞에 마주했다. 거기에는 분명 연월과 남자가 둘이 있을 거라고 달콤한 장면을 상상했는데, 이와는 반대로 안방 안에는 한 마리의 커다란 흰 소가 누워 있고 소 등에 연월이 기대고 있었던 것

209

명기名妓 김연월金蓮月

이다.

그 후, 기생집을 경영하는 자가 소원을 빌 때에는 몰래 흰 소에 기원을 하면 반드시 이루어진다고 하는 전설이 남아 있다.

영제교 永齊橋

　임진왜란 기록을 넘겨본 뒤에 평양의 사적을 둘러보면 대동강 강변에 솟구치듯 서 있는 대동문의 옛 누각, 기생 계월향(桂月香)의 전설이 살아있는 연광정, 노송나무 가지를 스치는 바람도 옛날을 이야기하는 듯한 모란대는 과거의 옛날을 이야기하듯이 남아있다. 그렇지만 원망과 애수의 경계를 넘어 역사를 사랑하는 자에게는 자연과 건물만으로는 뭔가 부족함을 느끼게 하는 것이 있다.

　역사를 사랑하기는 하지만 이 부족함을 단 하나 보충해주는 임진왜란을 이야기하는 이끼 낀 비(碑)가 이윽고 소실될 지경으로, 동평양의 남단 영제교 강가를 찾는 사람도 없고 비에 썩고 바람에 방치된 채 대지에 누워 있다. 이 비석을 찾아 사흘 시간을 써서 간신히 비석에 새겨진 문자를 탐하듯 읽은 필자는 사백 년 전 혹한 속에서

대동아건설의 선구가 되어 멀리 대륙으로 정의의 깃발을 들고 나아
간 사람들이 제패 중에 쓰러진 마음을 그리며 잠시 머물러 선 채 비
석을 차마 떠나지 못했다.

경의선 본선 대동강 역의 서쪽 대동강 지류가 경의가도와 교차하
다 홀연 대동강 본류로 흐르는 지점에 세워진 다리가 하나 있다. 이
것이 영제교이다.

옛날에 이 다리는 중국풍으로 세워졌는데 강 중앙에 큰 기둥을 세
우고 양쪽에 두 개의 호를 만들어 강물을 통하게 했는데, 보도 쪽이
큰북의 동체처럼 되어 있어서 영제교라고 다리 이름을 부른 것은 적
어도 형상에서 붙인 호명이다. 보통 안경교로 통하고 있었던 듯하
다. 이 다리의 기슭 사변에 민가가 예닐곱 집이 예부터 있었는데, 다
리 근처 민가 안쪽에 이 비석만이 대지에 누워있다. 원래는 다리 곁
부근에 멋지게 세워져 있었는데, 언제부터인가 무너지고 대리석은
누군가 가져가 버려 비문의 돌만 남았을 것이다. 폭 두 척에 길이
다섯 척의 비에 새겨진 세 줄 41글자야말로 임진왜란을 얼마나 여실
히 이야기해주는지 그 문의로 알 수 있다. 비문에는,

만력 20(1592)년 임진년 6월에 기성이 점차 함락하고 계사년 정월
에 적을 토벌해 성을 수복했는데, 이 다리 역시 무너져 수리를 갑오

년 2월에 시작해 5월 2일에 다 마쳤다, 라고 적혀 있다. 고니시(小西)
군대의 평양 입성부터 조선-명나라 연합군의 반격이 있어 평양성이
명나라로 넘어가면서 다리가 파괴된 것을 경성에서 국경으로 가는
국도의 요새가 되는 다리이고 보니, 곧바로 복구했다는 기록이다.

  임진왜란 때 고니시 군대의 평양성 공략은 임진 원년(명나라의 만
력 20년, 조선 선조 29년, 황기 2252년) 3월 12일 진시에 나고야 항
구를 에워싼 도요토미 히데요시의 웅대한 대륙 침략의 선발대 고니
시 유키나가 군대는 4월 13일 부산에 상륙, 파죽지세로 동래로 육박
해 밀양에서 상주로 들어가 영남의 여러 성을 석권했다. 4월 27일에
는 경성의 남쪽 삼십여 리에 있는 충주성 아래까지 육박했다. 유키
나가의 군대는 5월 2일 동대문을 들어가고 6월 8일에는 대동강 강변
에 도착했다. 엿새 동안 대진한 6월 13일, 유키나가, 송의지(宋義
智), 마쓰라 시게노부(松浦鎭信), 그 외 2만의 병사가 평양에 입성했
다. 이듬해 1593년 1월 8일에 명나라 군사의 지원병을 얻어 세력을
회복한 조선-명나라 연합군은 고니시 군을 서둘러 공격해 마침내 평
양성을 포기하게 되었다. 때는 바야흐로 엄동설한으로 눈이 깊고 추
위가 심한 데다 쇄도하는 연합군을 막을 재간이 없어 야음을 틈타
대동강 얼음 위를 건너 일거에 봉산성(鳳山城)까지 후퇴했다.

영제교永齊橋

임진왜란 기록에 의한 날짜와 비문에 남아있는 날짜는 정확히 일치해 평양의 옛날을 이야기하는 유일한 귀한 비문인데, 영제교 옆 농가 안쪽으로 가로놓여 있어 그야말로 슬픈 일이다.

평양 사람은 이제 좀 역사를 사랑했으면 좋겠다. 낙랑문화만이 평양사의 전부는 아니다.

종로의 종

　봄날 새벽이 점차 밝아오며 동쪽 하늘이 약간 하얘질 무렵이 되면 종로 큰길의 종이 계속 울리면서 평양성 육문의 문이 조용히 열리고 서쪽 항구에 상쾌한 아침이 찾아온다. 성내 여러 집에서는 온돌에 아침밥을 짓는 연기가 뭉게뭉게 하늘로 올라가고 대동강 강가에는 물 긷는 남자의 그림자가 느릿하게 비춘다. 방울소리 높게 울리고 있는 성문을 빠져나가는 말 탄 사람이 차츰 늘어가고 성내의 아침 시장은 백의를 입은 사람들로 가득 찬다. 이는 평화롭고 여유로운 그 옛날의 평양 봄날 아침의 풍경이었다.

　종로의 종은 그 후 불운에 농락당하며 대동강 가까이로 옮겨지고 또 다시 모란대로 옮겨질 운명이었는데, 지금 남아있는 종은 250년이나 오래 전에 주조된 것으로, 종로에 종루를 만든 역사는 훨씬 오래된 고려조에 시작되었다.

옛날에 이 큰 종을 다시 주조할 때 담당 관리가 여러 곳에 희사를 받으러 방문하던 어느 날, 성 밖의 빈농 한 곳을 방문한 모금원에게 이 농가의 나이든 여자가 말했다.

"제 집은 여러분들이 보다시피 나와 동자 둘이서 가난하게 사는 생활로 희사할 돈이 없습니다. 정말로 부끄럽습니다. 그러나 만약 이 동자라도 도움이 된다면 바치겠습니다."

하고 웃어넘기며 응답하는 것이었다.

희사를 권하던 사람들도 이 가난한 집에서 땡전 한 푼 받지 못해 하는 수 없이 늙은 여자의 이야기에 흥겨워하면서 가벼운 기분으로 자리를 떴다. 천상에서 종에 관한 일을 주관하는 귀신이 이 일을 귀 기울여 듣고는 불쾌히 생각하고 있었다. 기금 모금도 끝나고 이듬해 봄에 종 주조를 둘러싼 엄숙한 의식이 행해졌다. 그해 여름 무렵 종을 처음 치게 되었다. 그러나 이상하게도 많은 황금을 주조해 넣은 종이 울리지 않고 다만 깨진 냄비를 두드리는 듯한 소리밖에 들리지 않았다. 많은 사람들은 불안하게 생각하며 종을 치는 식장을 떠나갔다.

그날 밤의 일이다. 종 주조에 참여한 한 관리의 베갯머리 꿈속에 천상의 귀신이 나타나,

216

"예전에 성 밖의 한 부인이 그 아이를 바치겠다고 했는데, 아직 바치지 않았으니 모처럼 주조한 종도 울지 않는 것이다."

고 알려주었다. 한밤중의 꿈에 놀란 관리는 그 다음날 아침 조사해보니 그런 사실이 있었던 것이 판명돼 늙은 여자의 동자는 슬픈 운명 하에 사람 기둥이 되어 다시 주조하는 종속으로 녹여 들어가게 되었다.

어린 동자의 목숨을 주조해 넣은 종은 은은하게 울려 퍼져 평양성 밖 십 리까지도 들렸는데, 왠지 종소리는 쓸쓸하고 슬픈 소리로 백성들의 귀에 울려 퍼져 어린 동자가 사람 기둥이 된 슬픈 이야기는 조석으로 종이 울릴 무렵이 되면 성 주민들의 가슴에 울려 퍼졌다.

기자^{箕子}의 우물

평양의 바깥 현관에 해당하는 역전 광장의 남쪽 입구에 옛날부터 들에 우물 하나가 있었다. 사람들은 이것을 부를 때 기자의 우물이라고 칭하고 삼천 년 전설의 생명을 가지고 있는 기자 조선에 빗대어 이 우물을 칭송하고 있다. 평양의 신시가지에서 평천리(平川里)에 걸쳐 십자로 정연하게 구획된 것이 남아있는데, 이를 소위 기자정전(箕子井田)이라고 부른다. 정전에 기자의 우물을 연결 짓고 있는데, 기자정전은 고구려시대 평안성(平安城)의 시가 구획이었다는 것이 지금 유명하다. 따라서 기자의 우물도 또 그 외에 어울리는 전설이 남아있다.

고려 말 지금으로부터 육백 년이나 옛날의 일이다. 평양은 서경(西京)의 이름으로 불리고 있었는데, 성 밖 남쪽 외곽에 포목업을 하고 있는 젊은 부부가 즐겁게 생활하고 있었다. 아내는 기(箕)씨라는 이름으로, 매우 미모가 출중해서 부근의 못된 장난을 좋아하는 청년들에게는 항상 소문의 중심이 되었다. 남편은 장사 때문에 집에 없기 일쑤여서 이 마을 저 마을 장날을 찾아다니며 장사하면서 여관을 전전해, 집으로 돌아오는 것은 한 달에 사흘이나 닷새에 지나지 않을 정도로 날수가 적었다.

가을 달이 좋은 밤에 부근의 청년들이 두세 명 작당해 남편이 부재한 기씨 집으로 술과 안주를 들고 찾아갔다. 한 젊은이가 기씨에게 교묘한 말로 이르기를, 간밤에 주인과 길에서 만났는데 내일 집으로 돌아가 친구들과 달맞이 연회를 열 테니 술과 안주를 준비해서 자기 집으로 가서 자신이 돌아오기를 한 잔 걸치면서 기다리고 있어 달라고 했다고 말했다. 정직한 아내 기씨는 그날 밤 남편이 돌아올 거라고 믿었다. 특히 남편의 전언도 있어 젊은이들을 정원에 멍석을 펴서 초대하고 술을 데워 이것저것 대접했다. 젊은이들은 소문난 미인을 연회에서 볼 수 있는 달맞이 연회에 가서 배불리 먹고 마신 뒤에, 밤도 2경(更)이 지날 무렵 돌아갔다. 돌아온다고 한 남편은 그날 밤 결국 돌아오지 않았다. 그런 일이 있은 지 수 일이 지나 남편이 귀가했다.

남편은 귀가해서 이웃사람들로부터 자기가 없는 사이에 젊은이 여러 명을 불러 달맞이 연회를 벌이고 소란을 피웠다는 소문을 듣고 아내 기씨에게 온당치 못한 상황을 나무랐는데, 오히려 여러 가지 변명을 늘어놔 아내를 의심하며 이혼하게 되었다. 이때 비로소 기씨는 자신의 미모가 화가 되어 청년들의 계략에 속은 것을 깨달았지만, 남편의 화를 풀어 억울한 누명을 밝힐 재간도 없어 고민 끝에 자택 뒤편으로 난 들에 있는 우물에 몸을 던져 자살했다. 이런 일이 있고나서 들의 이름도 없던 우물은 기씨가 몸을 던진 기씨 우물이라고 불리게 되었는데, 언제부터인가 시간이 흘러 기씨의 우물을 기자정호 (箕子井戶)라고 부르게 되었고 기자조선의 유적의 하나가 되었다.

목마의 수련水練

대동강을 따라 평천리(平川里)에 한사정(閑沙亭) 광장에서 작은 배로 강을 동쪽으로 건너자 강중(江中)의 두로도(豆老島)로 올라갔다. 이를 다시 동쪽으로 건너면 낙랑의 토성 터, 서쪽의 요새로 되었다고 전해지는 강변에 도착한다. 부근에는 나루터지기의 집과 농가가 한두 채 있을 뿐, 고성 터에 어울리는 쓸쓸함을 갖추고 있다. 강변의 버드나무가 한 차례의 봄비에 푸르고 아래로는 싹튼 잡초의 푸른 빛깔이 더욱 봄처럼 느껴지는 저녁 해질 무렵에 고분의 부장품으로 묻혀 있던 목마가 수련으로 나타난다고 하는 그림 같은 전설이 이천 년의 화려한 꿈을 수없이 땅속에 묻고 잠들어 있는 낙랑 고적 지대에 전해지고 있다.

토성 터의 나루터지기 김치인(金致仁)은 봄날 해질녘을 알리는 오봉사(五峰寺)의 종소리가 끊이는 것과 동시에 작은 배를 언덕 버드나무에 묶어두고 자신의 집으로 돌아갔다. 하루의 노동으로 피로해진 몸을 온돌에 뉘이고 가까이에 있는 목침을 베고 잠깐 잠을 자며 꿈길에 이르렀다. 문득 정신을 차리고 보니 나루터 쪽에서 와삭와삭 물소리가 계속 나서 방문을 열고 바라보니 하늘에 해가 져 어두운데 물소리만이 귓가에 들려와 누가 무엇을 하고 있는지는 알 수 없었다. 낮 동안에 사람들이 보고 있을 때 빨 수 없는 세탁물을 부근의 농가에서 빨고 있는 거라고 멋대로 생각하고 문을 쾅 하고 큰 소리를 내며 닫았다. 조용한 봄날 초저녁에 너무나 살풍경한 문소리에 놀랐는지 나루터 물소리는 그대로 멈추고 말았다. 다음날 아침 여느 때처럼 새벽종이 울림과 동시에 일어난 나루터지기는 강변에 나가 세수를 하는데, 나루터 부근이 붉은 흙투성이로 일대에 뭔가 강력한 것으로 마구 짓밟은 듯이 잡초가 뭉개져 있었다. 그날 해질 무렵 지나서도 또 나루터에서 물소리가 크게 울려왔다. 간밤에 이어진 오늘밤 물소리는 예가 없던 일로 살짝 마당으로 나가 보니 어슴푸레한 물가에는 큰 개 정도의 시커먼 동물이 대여섯 마리나 물속에 들어가 땅으로 나와서는 즐거운 듯이 돌며 놀고 있었다. 그러나 개

224

치고는 꼬리가 어지럽고 뭔가 정체를 알 수 없었다. 그 짐승은 인기척을 느꼈는지 이윽고 동쪽으로 날아 사라지고 말았다.

김치인은 밤마다 강변에 나타나는 짐승이 해로운 맹수라면 마을 사람들이 곤란할 거라고 생각해, 다음날 이웃의 활을 잘 쏘는 사람에게 부탁해 오로지 밤이 오기만을 기다렸다. 서서히 저무는 봄날 해도 저녁 어둠이 밀려오자 전날과 마찬가지로 나루터 강가에서는 시커먼 짐승이 물에 들어갔다 땅으로 올라오는 난무가 시작되었다. 궁수는 큰 활에 온 힘을 모아 뛰며 춤추는 짐승을 향해 '획'하고 활을 쏘았다. 화살은 짐승에게는 맞지 않았지만 놀란 짐승은 뿔뿔이 흩어져 동쪽 언덕으로 뛰어 올라갔는데, 낭패한 나머지 모두 길가의 바위에 부딪쳐 너덜너덜 찢겨져 날아 흩어지고 말았다. 너무 뜻밖의 일에 놀란 궁수와 나루터지기는 조심조심 현장으로 가보니, 뭔가 나뭇조각 같은 것이 많이 길가에 흩어져 있어 등불에 의지해 살펴보니 그것은 모두 새카맣게 칠한 나무로 만들어진 말의 머리와 다리 파편 뿐이어서 다시 깜짝 놀랐다.

말털로 만든 갓

    어느 무렵의 이야기인지 확실하지 않은데, 평양의 동쪽 외곽에 김치근(金致根)이라고 하는 노동자가 초가에 살고 있었다. 가족이라고는 열 두셋의 남자아이와 친족에서 흘러들어와 가난한 김치근의 신세를 지고 있는 일흔을 넘어 허리가 굽은 노인 이렇게 세 사람이었다. 김치근은 본래 술을 매우 좋아해 아이와 노인에게 밥을 차려주는 일은 잊어도 자신의 약주 한 잔은 잊는 일이 없고 언제나 성내에서 일하고 귀가할 때는 곤드레만드레 취해 돌아오는 일이 자주 있었다.

    세상이 점점 불경기가 되어 김치근이 일할 곳도 지금까지와는 다르게 없어 사흘에 한 번은 넘치게 좋아하는 한 잔의 탁주조차 마시지 못하는 날도 있었다. 술에 정신을 빼앗긴 탓인지 김치근은 친족이라는 이유로 일흔을 넘은 노인을 보살피며 자신의 술값을 좁쌀 죽

227

말털로 만든 갓

값으로 쓰는 것이 아까워 미칠 것 같은 날이 거듭되었다.

어느 날의 일이다. 김치근은 자신의 장사 도구인 지게(물건을 짊어지는 도구)에 싫다고 하는 노인을 짐처럼 태우고 아이를 데리고 지게를 짊어진 채 쭉쭉 동쪽으로 갔다. 아침부터 집을 나가 점심때까지 동쪽으로 계속 걸어 성내에서 2리나 3리는 떨어진 곳에 도착했는데, 그곳은 조금 높은 언덕이어서 잡목림이 울창하게 우거져 나뭇가지에는 이름도 모르는 작은 새가 쩍쩍 울고 있었다. 김치근의 아이는 비로소 아버지가 무엇 때문에 노인을 이곳까지 지게로 짊어지고 데려왔는지 확실히 알았다. 자신의 아버지이지만 술에 정신이 팔린 지금의 모습이 정말로 무서워져 어떻게 해서든 노인을 구출해주고 싶다고 마음속으로 생각하면서 아버지가 하는 일을 잠자코 바라보고 있었다. 김치근도 아닌 게 아니라 마음을 독하게 먹고 노인을 이 잡목림에 버리는 일은 아직 어딘지 남아있는 한 조각의 양심에 아프게 느껴지는 모양이었지만, 눈 딱 감고 지게를 한 그루 큰 나무 밑에 던져 버리듯 내려놓고는 애의 손을 잡고 즉시 방금 온 오솔길을 평양 쪽으로 잠자코 뛰어갔다.

십여 미터 달려도 잡목림에서 노인이 큰 소리로 "아이고" 하고 우는 소리가 두 사람의 뒤를 좇듯이 들려와 김치근의 낯빛도 과연 새

파랗게 되어 있었다. 다시 십여 미터나 되돌아갔을 무렵에는 노인의 아이고 소리도 사라지고 보리밭에 종달새 지저귀는 소리가 들리고 하얀 나비가 무심히 훨훨 나는 시냇가까지 왔다. 이때 아이가 아버지를 향해 "앗, 굉장한 것을 숲속에 놓고 왔어요. 가져올 테니 기다리고 계세요……" 하고는 억지로 아버지를 시냇가에서 기다리게 하고 쏜살같이 노인을 버린 잡목림을 향해 뛰어갔다. 잠시 후에 아이는 헐떡거리며 숨 가쁘게 양손에 너덜너덜 헤진 무거운 지게를 들고 아버지가 기다리는 시냇가로 돌아왔다. 이를 본 김치근은 갑자기,

"바보 녀석, 이제 그 지게는 쓸모없어. 버리고 오거라."

하고 아이를 혼냈다. 아이는 미심쩍은 듯이,

"아니, 아버지. 이래봬도 다시 도움이 될 때가 올 거에요. 아버지도 앞으로 몇 년 지나면 지금 내다버린 할아버지처럼 될 테니 다시이 지게로 운반해야죠……" 하고 아무렇지도 않게 대답했다.

양심을 되찾은 아버지가 노인을 찾으러 잡목림으로 돌아갔지만 거기에는 조금 전까지 노인이 소중히 쓰고 있던 말의 털로 짠 더러운 갓이 하나 굴러다니고 있을 뿐이었다.

채관리^{釵貫里}의 연꽃 연못

이제는 전혀 흔적도 없이 묻혀버려 인가가 기와를 나란히 하고 세워져 있는 기생 거리 채관리에는 예전에 큰 연못이 있었다. 연못 안에는 많은 연꽃이 심어져 있어 여름이 되면 하룻밤을 꽃의 거리에서 풍류놀이로 밤을 지새우는 사람들이나 대동강 위 놀잇배 뱃놀이에 여름 짧은 밤을 흥에 취한 양반이 새벽이 될 때까지 채관리 연못가에 모여 연꽃이 피는 것을 구경하던 시절이 있었다. 연못가에는 붉은색과 군청색으로 선명한 색채로 칠해진 고풍스러운 건물이 있어 연당(蓮堂)이라고 불리웠다. 평양을 방문하는 이름 있는 문인들은 특히 비 오는 날의 연당의 흥취를 즐겨, '연당청우(蓮堂聽雨)'의 시가 많이 남아 있다.

삼백 년이나 오래 전의 이야기이다. 이 연못가에 김부자라고 불리던 평안도 제일의 부호의 저택이 있었다. 부잣집에는 양귀비라고 불릴 정도로 아름다운 세 자매가 있었는데, 갑부는 자신의 넘쳐나는 엄청난 재산보다도 아름다운 세 딸을 자랑거리로 삼아, 가장 큰딸을 작약, 둘째를 모란, 막내딸을 백합이라고 이름을 붙였다. 여름날 아침 연못에 피는 홍백색 연꽃보다도 아름답다는 소문이 무성했다. 여름 어느 날의 황혼 무렵, 저녁 안개가 엷게 대동강 수면을 스칠 무렵 어디선지 모르게 나타난 미소년 한 명이 갑부의 집을 찾아와 둘째딸 모란을 꼭 만나고 싶다고 부탁했다. 그림 속에서 빠져나온 듯한 미소년의 모습을 한눈에 본 갑부의 집안사람들은 이 소년이 필시 뭔가의 요괴임에 틀림없다고 수상히 여겨 간절히 만나기를 청하는 소년을 박정하게 거절하고 말았다.

미소년은 그로부터 비가 오든 바람이 불든 저녁 무렵에는 매일 거르지 않고 갑부의 집을 방문해 모란을 만나고 싶다고 청했다. 갑부집에서는 기분 나빠하며 옛날 일을 잘 아는 노인에게 왠지 수상한 이 미소년이 다시는 오지 못하게 할 방법이 없는지 의논했더니, 하나의 묘책을 알려주었다. 그 다음날 저녁에 찾아온 미소년을 갑부집에서는 정중히 방에 안내하고 주인이 만나 노인이 가르쳐준 대로,

"저희 집에서는 당신도 알다시피 금은재화가 있고 가난한 사람에게도 항상 극진히 베풀고 있을 정도로 뭐 하나 부족한 것이 없지만, 만약 당신이 모란을 만나고 싶다면 당신이 우리집과 마찬가지로 재산가이고 명문가라는 것을 보여줄 하나의 방법으로 내일 밤 새벽닭이 울기 전까지 당신 집 재산의 절반만이라도 연당으로 옮겨 쌓아올려 보여준다면 딸도 만나게 해주고 경우에 따라서는 아내로 데려가도 좋소."

하고 미소년에게 알렸다. 소년은 잠자코 이 이야기를 듣고 이튿날 밤을 약속하고 돌아갔다. 다음날 저녁 무렵이 되어 동네 어느 집 창문에서도 등불이 켜질 무렵에 영차 영차 소리 높여 십 수 명의 인부가 몇 대나 되는 차로 진귀한 재보를 연당으로 옮겨 쌓기 시작했다. 갑부의 집안사람들은 이 모양을 창가에서 지켜보고 무슨 일인가 하고 놀라고 있는데, 밤 2경(二更) 전에 마당 구석에서 소리 높여 닭 울음소리가 동쪽 하늘에 울려 왔다. 연당 누각에 기대어 인부가 보물을 나르는 것을 기분 좋게 바라보던 미소년은 "유감"이라고 외치면서 창백한 얼굴을 하늘로 향했다.

그때까지 별이 쏟아질 듯이 맑은 밤하늘은 갑자기 흐려지고 번개와 함께 큰 빗방울이 쏟아지듯 내리더니 미소년의 모습은 감쪽같이

233

사라져 버렸다. 나중에 뒤탈이 있을 것을 걱정한 갑부의 집에서는 미소년이 옮긴 재보는 연꽃 연못 속에 묻었지만 곧 일족은 차례대로 병에 걸려 죽어 멸하고 말았다.

미소년은 연꽃 연못의 주인이었지만 지금도 많은 재화를 껴안고 묻힌 연못 바닥에서 모란의 꿈을 계속 꾸고 있다고 전해지고 있다.

돌아오지 않는 우라시마浦島

기성(箕城)의 성 밖에 살고 있던 김종성(金鍾聲)은 가난한 반농반어의 생활로 양친과 아내 일가 네 명이 생계를 꾸리고 있었다. 어느 해 가을 수확기도 끝나고 팥이랑 좁쌀도 창고 항아리에 많이 보관해 이윽고 돌아올 매우 추운 결빙기까지 대동강에 작은 배를 띄우고 잉어를 낚거나 망으로 작은 물고기를 잡으며 매일같이 얼마간의 돈벌이를 하면서 겨울 준비를 즐기고 있었다.

어느 날 음력 시월의 따뜻한 날 오후의 일이다. 김종성은 평소대로 작은 배로 강 위를 노 저어가서 적당한 곳에서 닻을 내리고 낚싯줄을 드리우고 있었는데, 너무나 따뜻한 햇볕이 비쳐 졸음이 몰려와 언제 잠들었는지 모르게 작은 배 안에서 잠들고 말았다. 기분 좋은 수마(睡魔)에 전후를 잊고 잠들어 있던 종성은 문득 뭔가 목 밑을 강하게 조여 오는 듯한 괴로움을 느껴 꿈속에서 이를 쫓아내려고 양손을 버둥거리고 있자니, 손끝에 따뜻한 것이 닿아 이를 꽉 손에 쥐고 떡 하고 눈을 떴다.

신기하게도 종성은 젊은 여자의 손을 잡고 있었다. 꿈이 환상의 경계에서 현실로 깨어난 종성 앞에는 붉은색 옷을 입고 매우 젊은 처자가 오른손을 잡힌 채 계속해서,

"잘못했습니다. 용서해주세요."

하며 울며 사죄하고 있었다. 이윽고 종성은 여자의 손을 놓고,

"당신은 어째서 내 배에 무단으로 올라타 장난을 친 겁니까?"

하고 따지듯 묻자 여자 이야기로는 대동강을 수호하는 용왕궁의 궁녀인데 너무 따뜻해 어슬렁어슬렁 궁전을 나와 놀고 있는 중에 누군가 몸을 잡아채 내던졌는데, 정신을 차리고 보니 작은 배 안에 떨어져 있었다. 그리고 남자가 기분 좋게 잠들어 있어서 자신을 내던진 남자라고 생각하고 종성의 목을 옭쥔 것이었다고 말하고 나서, 여자는 이제 궁전에 돌아갈 수 없다고 훌쩍훌쩍 울기 시작했다.

이야기를 듣고 있던 종성도 너무 안 된 일이라고 생각해, 그렇다

면 자신의 배로 용왕궁을 찾아 아가씨를 되돌려주려고 아가씨가 가리키는 서쪽을 향해 작은 배를 힘껏 노 젓기 시작했다. 힘껏 배를 저어 햇발이 빠른 가을 햇볕이 빨리 저물어 이튿날의 맑은 날씨를 알리는 저녁노을 하늘이 새빨갛게 타오를 무렵, 멀리 건너편에서 우뚝 떠오른 궁전이 보였다. 이윽고 등불이 켜질 무렵 배를 저어 아름다운 두루마리 그림 같은 큰문에 도달할 수 있었다. 대문 안에서는 많은 궁녀가 아름다운 놀잇배를 타고 두 사람을 마중하러 나와 주었다.

이날부터 종성은 용왕궁의 한 사람으로 일할 것을 허락받아 아름다운 옷을 입고 마음껏 음식을 먹는 즐거운 세계에서 꿈같은 생활이 시작되었다. 남편이 낚시하러 외출한 채 밤이 되어도 돌아오지 않는 종성이 부재한 집에서는 큰 소동이 일었지만, 그로부터 며칠인가 후에 종성이 타고 나온 작은 배만 한사정(閑沙亭) 물가에 닿았다. 작은 배 안에는 엄청난 금은이 가득 찬 자루가 세 개 쌓여 있었다. 남편이 실종된 집은 작은 배 안의 금은으로 남편이 집에 있을 때보다 몇 배나 물질적으로는 풍족한 행복한 생활을 할 수 있었는데, 아내만은 뭔가 부족함을 마음속에 간직한 채 팔십여 나이의 장수를 누렸다. 그러나 아내가 살아있는 중에는 종성은 자신의 집으로 결국 돌아오지 않았다.

돌아오지 않는 우라시마浦島

지금으로부터 삼백 년도 오래 전의 대동강의 아름다운 이야기 중의 하나이다.

달맞이꽃

　한민족(漢民族)인 낙랑을 패망시키고 평양에 도읍지를 옮긴 고구려 시대는 건국 당초부터 멸망할 때까지 칠백여년간 자나 깨나 항상 전란이 계속되는 역사였다. 특히 제19대 영락대왕(永樂大王, 광개토왕) 시대는 국위가 크게 신장되어 판도가 멀리 남쪽 조선 지방까지 이르러 신라와 국경을 두고 고구려 황금시대를 만들어낸 것으로 전해지고 있다.

　영락대왕을 섬기던 문관에 김괴(金槐)라고 하는 고관이 있었는데, 항상 근린 이국에 사절을 보내 국위를 보태는 외교 모습을 발휘하여 싸우지 않고 이웃 국가의 성을 할양하게 하는 일이 백여 성에 이른다고 역사에 그 공적이 칭송되고 있다. 김괴는 어느 해 북방 여진족이 조선의 지붕이라고 칭해지는 함경도 산악지대에서 자주 남진 정책을 세워 관서지역에서 경기도로 뻗어오는 것을 외교로 정책을 누르려고 황초령(黃草嶺, 지금의 함경남도 장진군)에 여진의 장군을 찾아갔다. 산악이 겹겹이 쌓여 구름 속에 솟아오른 고산지대를 여행하기를 한 달여 남짓해서 황초령에 도착했는데, 말 등에 쌓아올린 엄청난 선물을 여진 군장에게 헌납하고 소진장의(蘇秦張儀)처럼 좋은 언변을 발휘해 남진책이 고구려와의 충

• 중국 전국시대의 언변이
좋은 소진과 장의를 가리킴

돌 위기를 일으킬 것이라고 설득했다. 여진은 동해안을 강원도로 나아가기로 타협이 이루어졌다.

봄 3월에 도읍지 평양을 출발한 김괴의 여행은 체재에 의외로 여러 날을 보내 한여름 7월에 간신히 돌아오게 되었다.

고구려 지대는 백화요란으로 꽃이 흐드러지듯 피고 고원이 산자락 일대는 며칠을 여행해도 아름다운 꽃밭이 계속 이어져 돌아오는 길에 김괴 일행의 눈을 즐겁게 해주어 쓸쓸한 여정을 달래기에 충분했다. 김괴는 문관으로 시를 잘 짓고 자연을 사랑하여 여진족이 사는 고원지대에 흐드러지게 핀 초목의 꽃을 특히 좋아했다. 도읍지 평양 부근에서는 볼 수 없는 석류나무, 달맞이꽃, 은방울꽃, 깊은 산 용담꽃, 금랍매(金蠟梅) 등의 씨를 채취하고 뿌리를 파내 들고 돌아와 도성 교외에 옮겨 심었다. 김괴가 북에서 옮겨 심은 여러 초목

240

종류는 어떤 것은 울창하고 어떤 것은 시들어 2, 3년 후에는 겨우 달맞이꽃과 은방울꽃만 도성 교외에 남아 있었는데, 김괴는 특히 동쪽 산자락에 달이 두둥실 아름다운 모습으로 떠오를 무렵부터 옅은 갈색의 꽃이 꿈을 꾸듯 피어있는 달맞이꽃을 특히 좋아했다. 평양이 몇 번인가 전란의 참화를 겪고 산과 들이 군사들의 말발굽에 짓밟혀도 달맞이꽃만은 여름 무렵에 피기 시작해 팔십여 세월의 장수를 누린 김괴에게 시정을 마음껏 느끼게 했다. 김괴의 사후 그의 유해는 시족(柴足) 들판 대성산 동쪽 기슭에 묻혔다. 사람들은 이 묘소에 참배할 때마다 달맞이꽃을 옮겨 심어 지하에 잠들어 있는 시인 외교관의 혼을 위로했다. 시족과 임원(林原)의 평양에 무성히 피어 있어 지금도 꿈같은 꽃을 여름밤만 되면 들판 가득 피우고 있는 거라고…… 했다.

흙돼지

이야기는 꽤 오래 전 고려 말 경의 일이다. 평양 남문 밖 시장 중
개인 박씨는 어느 해 가을 중화(中和) 쪽으로 말을 사러 외출했다.
그해는 봄부터 전란이 계속되어 농가의 경작할 말이 모두 징발되고
평양의 말 시장에는 예년과 다르게 말의 출회가 나빠 가격도 평년의
두 배, 세 배나 비싸져 말만 손에 넣으면 돈을 벌 수 있는 때였다.
그 무렵 중국 대륙에서 돼지고기를 식용으로 하는 관습이 반도에도
알려져 돼지가 조금씩 식량시장의 육고기류에 섞여 팔리고 있었는데,
가격이 매우 비싸 돼지고기는 일부 부자만의 식용으로 되고 가난한
사람의 입에는 좀처럼 들어가지 못했다. 중개인 박씨는 이틀 정도 중
화의 시골을 돌다가 한 마리 어린 말도 입수하지 못하고 맥없이 피곤
해진 몸으로 선교리(船橋里)를 향해 걷고 있었다. 한 차례 차가운 비

가 지나가고 비에 젖은 쥐처럼 장매리(長梅里) 언덕길을 지날 무렵에
는 빨리 해가 지는 가을 해질녘이 완전히 밤의 장막에 싸여, 익숙한
길이라고는 하지만 바로 앞도 보이지 않을 정도로 어두웠다.

다시 비가 한 차례 쏟아져 길가에 쓰러져가는 건물 서까래에 비를
피하면서 품속에서 최근 유행하고 있는 담뱃갑을 꺼내어 부싯돌로
탁탁 부산하게 담뱃대 끝에 채워 넣은 담뱃잎에 불을 붙이고는 한
숨 뱃속까지 스며들 정도로 달콤한 맛을 느끼며 비가 그칠 것을 기
다리고 있었다.

어디선지 모르게 실룩실룩 발소리가 들리고 여기에 말 방울소리
가 섞여 짤랑짤랑 울려 퍼졌다. 박씨는 이 밤길을 뭔가 급한 용무가
생긴 사람이 평양이라도 서둘러 가는 길일지 모른다고 생각하며 방
울소리가 가까이 다가오는 것을 외로운 나머지 마음을 쓰며 눈앞에
어떤 사람이 나타날지 기대하고 있었다. 이윽고 어둠 속에서 여행을
하는 한 노인이 말을 느긋하게 타고 고삐를 하인에게 끌게 하면서
박씨가 쉬고 있는 건물 앞까지 왔다. 말 탄 노인이 하인에게 동행이
있을 것 같으니 여기서 잠깐 쉬었다 가자고 명했다. 말에서 내린 노
인은 박씨 옆에 걸터앉아 이야기를 걸었다. 박씨도 사흘 걸려 중화
로 말을 사러 갔다가 허탕치고 돌아가는 길에 성가신 비를 만난 것

을 감추지 않고 이야기했다. 그런데 이상하게도 노인이 앉아 있는 주변에 왠지 어슴푸레 빛이 비추고 있어 비가 내리는 어둠속에서도 노인의 모습이 분명히 보였다. 잠시 있으니 노인은 말이 부족한 때에 무리해서 말을 찾아 장사를 하지 않아도 이 무렵 유행하고 있는 돼지를 매매해보면 어떠냐고 박씨를 향해 힐난하듯 이야기했다. 박씨가 돼지의 가격이 비싸 자금이 적은 상인으로서는 손을 댈 수 없다고 설명하자, 노인은 "우리집은 대가족으로 먹고 남는 음식이 많아 최근에 이를 먹이로 해서 돼지를 많이 키우는데, 이를 시장에 내다 팔면 분명 돈을 벌 거요. 대금은 팔고 나서 줘도 좋소." 하고 친절히 돼지를 빌려주겠다고 약속했다. 그로부터 이야기는 이상한 쪽으로 진행돼 박씨는 노인에게 이끌려 노인의 집으로 가 보았다. 밤인데도 노인과 함께 걷고 있으니 등불도 필요 없을 정도로 길이 밝았다. 이윽고 노인의 집에 도착했다. 돼지우리는 그다지 크지 않지만 스무 마리 정도의 둥글둥글 살찐 돼지가 밤눈에도 분명히 보였다.

박씨는 우선 다섯 마리의 돼지를 빌려 평양으로 돌아가 다음날 일찍 시장에 가지고 나갔더니 바로 팔렸다. 노인과의 신기한 약속대로 그날 밤이 되어 다섯 마리의 대금을 가지고 노인의 집을 방문했다. 다섯 마리의 돼지로 돈을 번 감사의 말씀을 드리고 대금을 건네자,

흙돼지

노인은 박씨가 내민 돈을 무척 더러운 것이나 되는 양 받아들고 돼지우리 옆에 놓아둔 큰 질그릇 안에 짤랑짤랑 던져 넣었다.

이렇게 밤의 거래가 한 달이나 계속되던 어느 날의 일이다. 박씨는 성내의 대 부호에게 환갑 축하연의 진수성찬에 사용할 돼지를 열 마리 정도 그날 저녁 갖다 주겠다는 약속으로 계약을 했다. 그래서 노인과의 약속도 잊고 오로지 돈벌이에만 신경을 쓰다 정오를 지날 무렵에 노인의 집으로 서둘러 갔다. 분명 노인의 저택이었다고 생각되는 부근 일대는 시든 풀이 망망히 나있고 붉은 흙으로 큰 봉분이 몇 개나 울퉁불퉁 있었다. 돼지우리는 그림자도 보이지 않고 사라지고 없을 뿐만 아니라, 부근은 완전히 황폐해질 대로 황폐한 쓸쓸한 늦가을 들판이 되어 있었다. 단 하나 노인이 돈을 던져 넣던 질그릇 항아리가 박씨의 눈에 띄었다. 이제 이상한 느낌을 지나 조금 괴이하게 느낀 박씨는 주뼛주뼛 두려워하며 항아리 안을 들여다보니, 이것은 다름이 아니라 지금까지 박씨가 건넨 돼지 대금이 항아리 절반까지 쌓여 있고 그 위에 다섯 치 정도의 흙으로 만들어진 돼지가 한 마리 놓여 있었다.

흙돼지는 한나라 귀인을 장례 지낼 때 양손에 하나씩 쥐인 채 묻는 궤의 하나이다.

흙으로 구운 소

    포목상을 하고 있는 김만길(金萬吉)은 오늘도 장수원(長水院) 시장에 장사하러 나갔다가 돌아오는 길에 팔고 남은 무거운 짐을 어깨에 짊어지고 벌써 해가 완전히 저문 길을 터벅터벅 짚신소리를 내며 강동 가도를 서쪽으로 모란대를 향해 걷고 있었다. 일 년 내내 평양 근처 시골 장날을 돌아다니며 노점 포목 장사를 하는 생활이 십 년이나 계속되어 매출이 적은 날도 귀갓길은 다시 다음 장날을 생각하면 큰 고생으로 느껴지지 않고 말 그대로 십년을 하루같이 정직하게 장사하면서 생활해 왔다.

    장수원에서 돌아가는 길은 여느 때라면 두 사람의 동업자가 더 있었을 텐데, 이번 장의 매상이 의외로 좋아 두 사람 모두 장이 파하고 주막에서 축하주를 마셨다. 한 잔이 두 잔이 되고 다시 세 잔이 되어 장수원에서 숙박하기로 하고, 만길 혼자서 쓸쓸히 귀갓길을 서두르고 있었다. 익숙한 밤길을 대성산 동쪽까지 와서 길가 잔디 위에서 잠깐 쉬고 있으니 열 두셋의 남자 아이가 세 마리 흰 소를 끌고 대성산 산자락에서 가도 쪽으로 내려왔다. 남자아이는 가볍게 만길을 향해,

"아저씨, 평양으로 돌아가는 듯한데, 무거운 짐이 괴로워 보이니 이 소를 한 마리 빌려줄게요." 하고 말했다. 만길이 아직 의심이 가시지 않은 얼굴로 아무런 대답도 하지 않고 있는 사이에, 남자 아이는 잔디 위에 놓여있던 짐을 소 한 마리의 등에 싣고 자신은 두 마리 소를 몰며 길을 가로질로 고방산(高坊山) 쪽으로 걷기 시작했다.

"소를 빌려주는 것은 고마운데 돌려주기 곤란하고 다음 장날은 닷새나 뒤니까 그때까지 소를 먹이기도……" 하고 만길이 주저하고 있자, 아이는

"소는 당신의 짐을 운반하는 것만 마치면 혼자서 돌아올 겁니다." 하고 내뱉는 말처럼 말을 한 다음 어느새 모습을 감추고 동쪽으로 사라져 버렸다.

박만길은 이상한 아이에게 소를 한 마리 강제로 빌리게 되어 속으로 석연치 않은 마음을 안고 이윽고 편히 자신의 집으로 돌아가 소

등에서 짐을 내렸다. 그러자 소는 방금 온 길을 느릿느릿 걸어 돌아가는 것처럼 보였다. 그로부터 닷새 후 장수원 시장에 다시 장사를 하러 갔다. 이번에는 동업자 셋이서 밤길을 걸어 평양으로 돌아왔는데, 대성산 바로 앞에 왔을 때 짚신 끈이 계속 풀려 한두 번은 동행하는 두 사람이 기다려줬는데, 결국 혼자 남겨져 터벅터벅 발걸음도 느려지기 일쑤였다.

　문득 보니 길가에 일전의 아이가 밤눈에도 새하얗게 띄어 보이는 흰 소를 세 마리 끌고 기다리고 있었다.

　만길이 일전의 고마움을 이야기하자 즉시 아이는,

　"아저씨, 오늘밤도 소를 빌려드릴게요. 인사말은 하지 않아도 됩니다." 하고 말하고, 만길의 마음속을 꿰뚫어보듯이 바로 짐을 다시 소의 등에 실어 주었다. 그 후 이런 이상한 일이 몇 번이나 계속되어 만길의 마음속에 욕심이 생겨났다. 이 소를 돌려주지 않고 외양간을 만들어 묶어두면 소는 내 것이 될 것이다, 친절하게 빌려준 소니까 세 마리 중에 한 마리 정도 그대로 자신에게 줘도 되겠지 싶었다.

　어느 날 밤 드디어 빌려온 소를 자신의 집 외양간에 묶어두고 사료를 주고는 피곤해진 몸으로 잠자리에 들었다. 한밤중에 외양간 쪽에서 계속 소 울음소리가 들려오고 나뭇판을 발로 차는 소리가 요란스레 울려왔는데, 만길은 소가 외양간에 익숙해지지 않아 날뛰고 있는 것으로 생각하고 그대로 잠들어 버렸다. 다음날 아침 일찍 일어나 외양간으로 가보니 놀랍게도 너덜너덜 깨진 토방에 작고 하얀 흙으로 구운 소가 양 바퀴가 옛날 귀인이 타던 수레처럼 생긴 점토 수레를 끌고 있는 것이 놓여 있었다.

장방호長房壺의 꿈

관서 제일의 명승 모란대(牧丹臺)를 살피건데, 대동강변에서 전금문(轉錦門)을 빠져나가 영명사(永明寺) 오른쪽으로 구불구불한 비탈길을 걸어 현무문(玄武門)으로 가는 도중, 벼랑 중턱에 거대한 바위를 깎아서 웅건한 필치로 '장방호' 세 글자가 새겨져 있다. 장방호라는 이름의 기원은 여러 가지 전설이 전해지고 있는데, 그 중에서도 조선의 우라시마(浦島) 이야기가 많은 사람들에게 알려져 있다. 그러나 시(詩)의 도읍지를 대표하는 모란대의 장방호로서는 오히려 다음 이야기가 과연 경승 모란대에 잘 어울릴 것 같다.

평양성 안에 사는 시인 박승길(朴勝吉) 노인은 어느 봄날 주암산(酒岩山)에서 열린 시회(詩會)에 초청되었다가 돌아가는 길에 친구들과 떨어져 솔숲 속의 가느다란 길을 홀로 걷고 있었다. 시회에서 제시된 시제(詩題)로 지인이 계속 뛰어난 구를 발표하여 열석한 사람들로부터 박수를 받은 광경이 머릿속에 떠올라 솔숲 속의 가느다란 길을 따라가는 발걸음도 지지부진하였다. 그러다 문득 볼에 떨어진 차가운 소나무 이슬에 정신이 들었지만 하늘은 어느새 흐려지고 아름다운 가는 봄비가 조용히 소리도 없이 내리고 있음을 알아차렸다. 저녁때가 오기까지는 아직 여유가 있다고 생각되는 시간인데, 어둑한 땅거미가 몸 깊숙이 밀려오는 솔숲을 빠져나와 현무문을 지나서 익숙한 내리막길을 전금문 쪽으로 나아가는데, 빗줄기가 점차 심해져 중턱에서 덮이듯 큰 나뭇가지 끝이 걸려있는 장방호 아래에 잠시 비를 피해 우두커니 서 있었다. 박노인의 머릿속은 다시 시회의 광경으로 가득 차서, 아주 서투른 자신의 시에 대해 이것저것 생각하였다.

박 노인의 마음속은 지금 전혀 비를 그을 기분도 아니거니와 집에 돌아갈 생각도 잊어버리고 머릿속에 떠오르는 것은 이 친구 저 친구의 신작시에 대한 것뿐이었다. 봄비는 나뭇가지 끝의 새잎에 쏟아지고 그것이 뚝뚝 떨어져 노인의 의복은 촉촉이 젖어 있었다.

해는 완전히 저물고 어둠 속에 우두커니 서 있는 노인의 귀에 아름다운 목소리로 낭영(朗詠)이 들려왔다. 처음에 노인은 동호(同好)의 인사가 봄비가 내리는 모란대에 흥을 돋우려고 소요하면서 내는 구음인가 하고 귀를 기울였지만, 소리가 들려오는 방향이 뭔가 먼 구덩이 속에서 똑똑하지 않게 들려오는 것처럼 느껴져 견딜 수 없었다. 그러더니 돌연 지금까지 비를 피하기 위해 몸을 기대고 있던 장방호가 두 개의 문으로 갈라지고 끼익하며 좌우로 열렸다. 문 안으로 누각으로 만들어진 커다란 전당이 나타나고 넓은 누각의 한구석에서는 한 명의 문관 같은 인물을 둘러싸고 계속해 시의 낭영이 행해지고 있었다. 박 노인도 어느샌가 그 무리에 가담하게 되었다. 중앙의 문관은 박승길 노인을 손으로 불러 주암산에서 있었던 시회의 작품을 한번 낭영해 들려주기를 원했지만 박 노인은 부끄러워 자작시를 구음할 용기도 나지 않았다. 그리고 나서 대여섯 명의 무리는 종잇조각에 쓴 자작시를 문관이 하나하나 주필(朱筆)을 가해주는 것을 정중히 받아들고는 한 사람씩 어딘지 모르게 사라져 마지막에 박 노인 한 사람만 남았다. 박 노인도 눈을 딱 감고 오늘의 서투른 시, '주암의 봄'이라 제목 붙인 시를 품속에서 꺼내 문관 앞에 바쳤다. 문관이 거침없이 주필을 두세 군데 덧붙여 돌려준 것을 보니, 이것은 아주 멋진 명시가 되어 있는 것에 놀랐다.

장방호長房壺의 꿈

그리고 나서 박 노인은 문관으로부터 처음으로 장방시회에 참가했다는 의미에서 술과 안주 대접을 받고 취해서 헤어졌는데, 볼을 때리는 봄비의 차가움에 눈을 뜬 장소는 역시 장방호 바위 앞, 길가 어린 풀 위였다. 그런데 이상하게도 노인의 손에는 주필을 가해 명시로 바뀐, 박 노인의 자작시가 적힌 종잇조각이 쥐어져 있었다.

254

진흙으로 만든 송아지

평양 남쪽 교외 영제교(永齊橋) 부근에 김일선(金日善)이라고 부르는 농부가 살고 있었다. 농부의 부업으로 소달구지를 운영하며 세상 사람들에게 수전노라고 험담을 들을 정도로 절약해 축재에 힘썼다. 10년, 20년의 세월이 지나면서 일선의 재산은 평양의 부호라고 일컬어지는 부자들보다 많아져 전답만으로도 백이십 만평을 넘었다.

이러한 큰 부자로 출세하기까지 다른 사람을 몹시도 울리고 괴롭힌 일도 적지 않아, 돼지 같은 부자라고 세상의 험담이 변해 주인어른 따위로 존칭을 사용해 불러주는 인간은 측근 사람들 중에도 없을 정도였다. 온갖 고생으로 축재한 일선도 61세의 환갑잔치할 봄을 맞이해 처음으로 인간다운 축연을 열어 사흘 밤낮으로 지인을 초대해 대접했는데, 성대한 축연이 끝나는 사흘째 밤의 일이었다. 어디서 나타났는지 가난한 한 승려가 너덜너덜한 옷을 몸에 걸치고 일선의 대문을 방문하여,

"뭔가 축하할 일이 있는 날이라고 먼 곳의 마을에서 듣고 일부러 왔습니다. 하룻밤 잠자리를 빌려주셨으면 합니다."고 희망했다. 주인인 일선은 생판 본 적도 없는 뜨내기 거지 승려에게 하룻밤의 거처를 빌려준들 한 푼의 이득도 없을 것을 생각해,

"축하는 내 일이고 당신에게 기쁨을 나눠줄 수는 없지만, 보통 때 숙박비의 반을 내면 재워주겠소. 그러나 음식만은 손님들이 남긴 것이 있으니 배불리 먹어도 좋소."

하며 평소 수전노의 모습 그대로 응대했다. 뜨내기 승려는 들은 대로 숙박비를 지불하고 대동강 물가에서 발을 씻고 안내받은 더러운 객방으로 갔다. 흥청거리는 축연도 밤이 깊어가면서 조용해지고 성찬과 술에 취한 손님들이 방 가득히 뒹굴고 있었다. 한쪽 구석에 지금까지 새근새근 잠들어 있던 뜨내기 승려가 이상하게도 눈을 크게 뜨고 작은 목소리로 경문을 외면서 품속에서 진흙으로 만든 송아지

를 5개 꺼내어 목침 위에 늘어놓고 첫 번째 소에게는,

"쌀을 먹어 치워라."

두 번째 소에게는,

"짚을 먹어 지워라."

세 번째 소에게는,

"조를 먹어 치워라."

네 번째 소에게는,

"장롱 속의 대금 증서를 먹어 치워라."

다섯 번째 소에게는,

"밭을 망가트리고 오너라." 하고 명령하고 목침 끝을 탁탁 두드리니, 진흙으로 만든 송아지는 순식간에 커다란 어미 소로 되어 다섯 마리 모두 힘차게 방을 나갔다.

동쪽 하늘이 물들고 닭이 힘차게 울 무렵, 다섯 마리의 진흙 소가 배를 크게 부풀리고 뜨내기 승려의 베갯머리로 돌아와 원래대로 송아지가 되어 소맷자락 안으로 살금살금 숨어들어가자 승려는 그대로 휙 하고 방을 나가 행방을 감추었다.

하룻밤이 새고 돼지 부잣집에서는 딱할 정도로 대소동이 일어났다. 아침밥 준비로 가장 일찍 일어난 식모가 헛간에 쌀과 조를 가지

러 갔더니 10개나, 20개나 줄지어 있는 큰 항아리 안에는 쌀 한 톨 남아있지 않고, 또 소에게 먹일 짚도 한 오라기 남아있지 않다는 것을 하인이 발견한 것이다. 이러한 소동에 잠이 깬 주인의 베갯머리 맡 장롱 안에 있던 서류는 텅텅 비었고, 밖의 거리를 지나가는 두세 명의 나그네들은 큰 소리로,

"어젯밤은 산에서 멧돼지라도 나왔는지, 돼지 부자의 밭작물이 무 하나도 남지 않고 망가져 버렸어."

하고 대화하는 소리가 부자의 귀속까지 시끄럽게 울려왔다.

혹리^{酷吏} 이야기

평양 관찰청의 상당한 고위직 관리에 부하를 매우 혹사시키고 백성으로부터는 있는 금은재물을 여러 구실을 만들어 모두 빼앗아간 한 남자가 있었다. 지방의 작은 직을 수행하는 관리는 이 혹리가 순찰을 위해 내려오는 사실을 알게 되면 그 세력이 미치는 한 민가로부터 금은이며 재물을 모아 관청의 큰 방에 요란하게 장식하여 조금이라도 환심을 사서 자기 자리의 안전을 바라는 모양새였다. 또한 혹리 환대의 향연은 10리, 20리 길을 멀다하지 않고 평양 성내의 요리와 술을 일부러 운반해 와서 철야로 향연을 벌일 정도였다.

어느 해 겨울의 일이었다. 사방의 산도 강도 들판도 얼어붙었을 무렵, 이 혹리는 평양에서 강동(江東)으로 순찰 여행에 올랐다.

지나가는 길에 해당하는 통로에 사는 농촌의 농부가 짚으로 바람막이 울타리를 만들어 받들어 드리면서 순찰의 길을 걸었다고 한다. 혹리는 강동에 들어간 다음 군수를 향해,

"아아, 버섯을 배불리 먹고 싶다."

고 중얼거렸다. 엄동설한에 버섯이 있을 리가 없다. 군수를 비롯해 죽 늘어앉은 관리들은 그 봐라, 혹리의 추태가 시작되었다고 모두 창백한 얼굴로 고개를 숙였다. 군수는 마음속으로 또 무리한 주문이라고 생각은 했지만 자신 가까이에 있는 하급 관리에게 산으로 버섯을 구하러 떠나라고 명했다. 군수의 명령으로 자리에서 일어난 하급 관리는 자신의 집에 돌아가 창백한 얼굴을 하고 아내에게 이 이야기를 밝힌 다음 이제부터 산으로 갈 테니 준비해줄 것을 부탁했다. 아내는 매우 현명한 부인으로, 혹리가 며칠 정도 강동에 체재하는지 남편에게 물었다. 남편이 닷새 정도의 예정이라고 대답하자, 주제넘은 일이지만 제가 이 일을 해결하겠사오니 당신은 닷새간 자택에 들어앉아 있어 주세요, 하고 왠지 자신 있어 보이는 느낌이었다.

그리고 나서 하급관리 아내는 남편이 산에 버섯을 구하러 갔다고 이웃 사람들에게 말을 퍼뜨리며 돌아다녔다. 닷새의 시간은 금세 지

났다. 아내는 닷새 되는 날 아침 혹리의 숙사에 나타나 면회를 요청했다. 혹리는 버섯이 없기 때문에, 미인인 아내를 접대하라고 보낸 것으로 생각해 내심 미소를 금할 길 없는 기분으로 아내라고 하는 여자를 만났다.

"남편은 대관의 명으로 산에 버섯을 구하러 갔지만 버섯은 없고 오히려 독사에 물려 중태에 빠졌습니다."

고 고했다. 혹리는 큰 목소리로,

"이런 얼간이 같으니라고! 이렇게 얼어붙은 산중에 지금 독사가 있을 리가 없다."

라고 몹시 꾸짖자, 아내는 이를 놓치지 않고,

"뱀이 나오지 않는 엄동 추위 속에 어찌 산에 버섯이 나겠습니까?"

하고 대답했다. 혹리는 아내의 당연한 말에 대꾸할 말이 없었다. 그 후에는 비행을 많이 고쳤다고 한다.

석인石人의 복수

    평양성 밖 선교리(船橋里)의 농부 박 아무개는 말 등에 야채를 싣고 성 안으로 팔러 갔는데 뜻밖에 높은 값에 팔렸기 때문에 대동문(大同門) 나루터를 넘어와 주막에서 배터지게 소주를 마시고, 기분 좋게 취한 발걸음으로 걸어갔다기보다는 집에 돌아가는 길에 익숙한 말에 이끌려 선교리 북쪽 입구까지 돌아왔다. 길 양쪽에 많은 대관들의 선정비가 늘어선 곳까지 오자 갑자기 변이 마려웠다.

    취한 채로 비석 중에 오로지 하나 있는 석인(石人)의 목에 말고삐를 매고 조금 떨어진 밭에 들어가 유유히 자연의 요구를 충족시키고 있었다. 그 사이에 말은 무엇에 놀랐는지, 엄청난 힘으로 난폭하게 날뛰며 석인을 쓰러트리고 자신의 집으로 달려 돌아갔다. 밭에서 나온 박씨는 말을 매어둔 석인이 쓰러져 있고 부근에 말이 보이지 않자 취한 나머지 쓰러져 있는 석인의 목에 발을 걸치며, "이 힘없는 석인 놈, 너는 말이라도 묶어두는 데 도움이 될까 생각했는데 그마저 안 되는 천하에 쓸모없이 길이만 긴 녀석이로고." 하며 욕지거리를 하고는 그대로 자기 집으로 돌아갔다.

하룻밤 지나자 어젯밤 일 따위 씻은 듯이 잊은 박씨는 다음 날도 말에 많은 채소를 싣고 평양성 안으로 팔러 갔다. 묘하게도 어제는 시장에서 모든 사람들이 달려들듯이 사 주던 박씨의 야채도 오늘은 누구 하나 쳐다보지도 않고 종일 시장에 있었지만 단 한 개도 팔지 못하고 저녁 때 축 처져 선교리로 돌아왔다. 어젯밤 한바탕 소동을 일으킨 석인 부근까지 오자 갑자기 말이 날뛰기 시작해 박씨의 힘으로는 아무리해도 미친 듯이 날뛰는 말을 제지할 수 없었다. 말이 너무 날뛰어 문득 주의하여 보았더니 흰 옷을 입은 남자 한 사람이 4척이나 되는 채찍을 손에 들고 계속해서 말의 엉덩이를 호되게 때리고 있는 것을 알았다. 놀라서 화가 난 박씨는 단숨에 손바닥으로 흰 옷 입은 남자의 볼을 있는 힘껏 세차게 내리친 순간, 그의 손바닥은 뻐근하게 매우 큰 고통을 느꼈다. 어떤 놈이냐고 혼내자, 흰옷을 입은 남자는 껄껄 웃으면서, "나는 천하에 쓸모없이 길이만 긴 석인이다."고 대답했다.

264

앗 하고 깜짝 놀란 박씨는 순간 간밤의 사건이 머릿속에 주마등처럼 떠올라 말고삐를 내던진 채로 자기 집으로 도망쳐 돌아갔다. 말은 끝내 돌아오지 않고, 이튿날 석인이 쓰러져 있는 부근에서 맞아 죽어 있는 모습으로 발견되었다. 박씨는 예순 몇 살로 죽을 때까지 이 사건을 입 밖에 내지 않고, 죽기 직전에 가족들에게만 베갯머리에서 이야기했다고 한다.

지금으로부터 이백 년 정도 옛날의 이야기이다.

석인石人의 복수

청녀_{淸女}의 연못

지금은 매립되어 자취도 사라져 버렸지만 평양 신시가의 중앙 서기(瑞氣) 거리, 공회당 부근 일대는 커다란 연못이었다. 봄에서 가을에 걸쳐 무수한 붕어가 이 연못에 있었기 때문에 때때로 낚시를 하는 한가한 사람들도 있었다고 전해지고 있다.

매립된 연못의 수원은 지하의 용천수인데, 이 연못에서 폭 두 칸 정도의 시내가 서쪽 평천리(平川里)로 뻗어 보통강으로 합류한다. 보통강의 합류지점에는 화강암으로 쌓은 훌륭한 갑문(閘門)이 세워져 있던 흔적이 지금도 약간 남아 있으며 사적 연구가 중 일부는 옛날 이 연못의 흐름이 고구려시대의 운하였다고 추정하고 있다. 고구려 평원왕(平原王) 시대에 세워진 장안성(長安城)의 규모와 기자정전(箕子井田)의 흔적과 전설이 있는 장안성 시가지를 중앙으로 가른 운하 추정설은 상당히 믿을 수 있는 근거가 있는 듯하다.

옛날 성 안에 이(李)라고 하는 재산이 많고 권세 있는 집안이 있었는데, 그 집에 청녀(淸女)라는 아이를 보는 하녀가 있었다. 어느 해 여름, 청녀는 두 아이를 보면서 성 밖으로 놀러 나가 연못가에서 새하얗게 어지러이 피어있는 여름 풀꽃을 따거나 나비를 좇아 돌아다니며 아이들과 더불어 천진난만하게 놀고 있었다. 놀다 지친 청녀가 문득 정신을 차리고 보니, 지금까지 함께 있던 두 아이가 어디로 갔는지 근처에 소리도 들리지 않고 그때까지 여기저기에서 드문드문 모습이 보였다 안보였다 하던 다른 아이들도 전혀 보이지 않았다. 타오를 듯한 태양도 서쪽으로 상당히 기울어 연못을 감싼 벌판은 쓸쓸한 해질녘에 가까운 경치로 변해 있었다. 놀란 청녀는 두 아이의 모습을 찾아 미치광이처럼 돌아다녔지만 아무리해도 찾을 수 없어서, 울며불며 주인집으로 돌아와 아이들이 행방불명된 사실을 알렸다. 날이 저물고 나서 큰 소동이 일어 큰북과 종을 치며 아이들을 찾는 사람들의 제등 불빛이 넓은 들판에 축제날 밤처럼 달려 다니고 밤은 깊어갔다. 청녀는 자신이 돌보던 아이들이 틀림없이 연못 속에 떨어져 죽었다는 생각이 들어 혼자서 연못가로 와서 아이들 이름을 목청껏 불렀지만, 들려오는 것은 아이들의 대답 대신 창광산

(蒼光山) 잡목림에서 들려오는 올빼미의 쓸쓸하고 음침한 울음소리
였다. 청녀는 올빼미의 울음소리가 왠지 연못 바닥에서 아이들이 자
신을 부르고 있는 것처럼 들렸기 때문에 연못가로 다가가 연못 수면
을 가만히 응시하자, 자신의 얼굴이 별빛으로 연못 수면에 비쳐 울
고 있는 모습이 보였다.

다음날 아침 두 아이 대신에 청녀의 사체가 연못 안에서 인양되었
는데, 그녀의 양손에는 두 아이의 신발이 한 개씩 꽉 쥐어져 있었다.
이 연못은 그때부터 '청녀의 연못'이라 불렸고 아이들은 이곳을 무서
워하여 접근하지 않았다고 한다.

신선 굴

상당히 옛날의 이야기라고 들었기 때문에 고려조의 일이라 생각
된다. 모란대 북쪽으로 잠시 가면 감북산(坎北山)이 농경지 사이로
불쑥 솟아 있다. 그 기슭에 돌로 쌓아올린 흙바닥에 사방으로 삼천
평이나 둘러싸인 커다란 저택이 있었다. 그 저택 주인은 높은 지위
에 있던 관리였는데, 10년 정도 전에 은거하여 이곳에 문자 그대로
은서(隱棲), 청경우독(晴耕雨読)의 생활을 즐기며, 때로는 평양성
안에 있는 옛 지인과 왕래하며 시를 짓고 문(文)을 논하면서 그야말
로 남이 보기에도 부러운 삶이었다. 어느 날, 4, 5명의 친구가 이 저
택의 정관정(靜觀亭)이라고 불리는 방에 모여 서로 세상일을 이야기
하고 있는 도중, 문득 이야기가 신선의 존재 여부로 옮겨갔다. 주인
은 이야기를 듣고 있는 쪽이었기 때문에 신선이 세상에 있다고도 없

다고도 말하지 않았지만, 모인 친구의 주장은 있다고 하는 자와 이를 부정하는 자가 딱 반반으로 논의에 꽃을 피워 좀처럼 결론이 나지 않았다. 결국 밤도 깊었기 때문에 모인 자 일동은 정관정에서 함께 잠이 들고, 주인은 자기 방으로 돌아왔다.

자기 방에서 잠자리에 든 주인도 낮부터 친구들을 접대하느라 피곤했는지 곤히 잠들어 새벽 가까이 문득 눈을 뜨자 베갯머리에 더러운 나무 밥공기 하나가 놓여 있고 그 속에 뭔가를 쓴 종잇조각이 들어있었다. 손으로 집어 펴 보니, 조(粟)를 베풀어 주었으면 한다고 씌어 있었다. 주인은 누군가의 짓궂은 장난이라고 생각하고 그대로 버리고 다시 잠자리에 들었지만 닭이 세 번 울 무렵, 뒤편 곳간 쪽에서 뜻밖의 소동이 일어났다. 아침에 하인이 일어나 간밤에 묵은 손님을 대접하기 위해 저택 내에 있는 연못의 물고기를 그물로 건지고 있자니, 곡물을 넣어둔 곳간 문이 저절로 탁하고 열리며 항아리 속의 조가 하늘로 퍼 올라가듯이 쓱쓱 소리를 내며 날아 올라가는 것이었다. 놀란 하인은 너무나 이상하여 소리도 내지 못하고 이 광경을 지켜보고 있었는데, 잠깐사이에 항아리 속의 조는 전부 하늘로 날아 올라가 버렸다.

간밤의 손님이 일어나 아침을 먹고 있으려니 대성산(大城山) 봉

우리에 있는 절의 스님 심부름이라며 한 남자가 저택 주인에게 편지
를 가지고 왔다. 편지에는 어제 점심 무렵, 노인 편에 청해주신 조의
희사(喜捨)는 오늘 아침 일찍 다 옮겼습니다, 라고 충심어린 감사의
인사말이 적혀 있었다.

　이 사건으로 대성산의 신선굴에는 정말로 신선이 살고 있다고 평
양 사람들은 믿게 되었다.

스파이 승 도림^{道琳}

고구려 제20대 장수왕은 그 이름이 보여주듯 매우 장수하여 98세에 승하해 재위기간은 78년간의 긴 시간에 이르렀다. 더구나 선왕 광개토왕이 국위를 선양한 뒤를 이어 사방을 공격해 국토의 확대에 힘썼다. 그러나 장수왕이 공격하거나 또는 역설하여 그 위세 하에 굴복시키고자 한 남쪽의 백제만은 몹시 강고하게 저항하여 쉽게 항복하지 않았기 때문에 장수왕은 재위 15년에 수도를 북쪽에서 평양으로 옮기고 반도 남부의 정벌에 한층 더 노력을 기울였다. 장수왕이 고심진력하며 노력한 정치와 전쟁 두 방향의 비책도 백제의 국토가 풍양(豊穣)하고 국부(國富)가 큰 때문에 어떤 효과도 나타나지 않았다. 만 가지 책략을 다한 왕은 어느 해, 도성에 사는 자 가운데서 백제에 보낼 간첩이 될 지혜로운 인물들을 널리 모집하였다. 모여드는 자들이 수없이 많았는데, 그 중에서 승려인 도림을 선발하여 비책을 내리고 먼 남쪽으로 몰래 출발하도록 했다.

승려 도림은 선왕 광개토왕이 재위 2년에 평양에 아홉 개의 절을 창건한 대사찰 중의 한 주지였는데, 왕명을 받자 곧바로 밤낮을 가리지 않고 백제로 향했다. 백제는 원래 고구려로부터 불교가 도래한 관계상, 명승 도림의 입국을 정치적인 목적으로 보지 않고 그를 매우 후하게 환대해 도림은 얼마 지나지 않아 백제왕인 개로왕(蓋鹵王)을 알현할 수 있게 되었다.

도림은 왕과 친숙한 관계를 맺고, 바둑을 권하며 매일 궐 안에 들어가서 바둑을 두며 잡담 중에 교묘하게 집어넣어 토목공사를 일으키고 국토 내 하천의 개수, 도로의 사통발달의 필요성을 역설하였다. 2년, 3년의 세월을 보내는 사이에 개로왕은 완전히 승려 도림의 계략에 빠져 국력을 다해 토목공사를 분부해 몇 년 지나지 않아 백제의 곡창은 텅텅 비고 인민은 세금의 부과로 곤궁을 더해만 갔다.

도림은 자신의 비책이 이미 이루어졌다고 마음속으로 연신 웃음 짓고, 말을 교묘히 꾸며 왕에게 이별 인사를 하고는 평양에 돌아오자마자, 장수왕에게 백제의 국부가 완전히 탕진된 사정을 복명하였다. 왕은 도림의 보고를 듣자마자 병사 3만을 육로로 진격시켜 백제

를 쳤다. 수도 한성은 금세 고구려군의 말발굽 아래 짓밟히고 개로
왕은 궁전을 나와 서쪽으로 도망쳤지만 끝내 고구려군에게 포위되
어 자살하고 부득이하게 패전으로 끝났다. 이는 장수왕 재위 63년의
사건이다.

　장수왕이 승려 도림을 간첩으로 부린 사실로 생각해보면, 고구려
는 제26대 영양왕(嬰陽王) 6년에 승려 혜자(惠慈)의 일본 도래가 있
었고, 동 13년에는 승려 융운총(隆雲聰), 동 21년에는 담징법정(曇
徵法定)의 도일이 있었다. 그러나 이들 도일 승려는 일본문화에 공
헌한 바는 많았지만 도림의 행동과 아울러 생각해 볼 때, 역사 밖의
어떤 점을 상기할 수 있을 듯하다.

스파이 승 도림道琳

돌로 만든 대불^{大佛}

고구려 중기, 서경(西京)의 거리거리를 그리고 성 밖의 촌락을 비
가 내려도 해가 떠도 몸에 삿갓 하나와 지팡이 하나, 찢어진 법의를
걸치고 불법을 설파하며 걸어 다니는 노승이 있었다.

부처에게 국경이 없고 신앙에 민족의 구별이 없는 동양의 불교는
고구려시대 대륙에서 반도로 전해져, 약 700년이 지난 고려 중기에
는 사원의 규모도 옛날보다 쇠퇴하고 신앙의 열기도 훨씬 낮아 점차
형식에 치우치고 표면을 꾸미는 데 그치고 있었다. 서경의 노승은
어떻게 해서든 옛날의 불교 전성의 세상을 재현시키고자 불법을 설
파하며 노력했다. 그 무렵의 평양(서경)에는 옛날 사원이 모두 고구
려의 멸망과 더불어 병화(兵火)로 타버리고 재건된 사원은 모란대의
영명사(永明寺) 외 두세 사찰에 지나지 않았다. 고구려 시대에 있었

던 평양 쉰 개 사원의 성대한 모습은 사라지고 불타 벌판으로 변한 사원 자리에는 들개 무리가 뛰놀고 풀은 아득하게 우거져 옛날의 호화로움을 이야기하는 항아리 파편이 산더미 같이 남아있을 뿐이다.

10년의 세월을 교화에 힘쓴 노승은 모란대의 서쪽 보통강 강가에 자그마한 암자를 지어 비와 이슬을 피하고 있었는데, 모여드는 선남선녀들이 이를 지켜보고 있었다. 어느 날 밤, 깊은 잠에서 깨어나자 기자림(箕子林)의 송풍(松風) 소리만이 귀에 들리는 조용한 가운데 문득 남의 눈을 피하려는 사람의 발소리가 들렸다. 귀를 잘 기울여 주의하자, 누군가 초막 안 불단 쪽에서 뭔가를 하고 있는 것 같은 기색이 들었지만 거의 부처의 화신이라고 불리는 노승은 마음에 두지 않고 다시 그대로 쿨쿨 깊은 잠으로 빠져들었다.

다음날 아침 일찍 마을 사람이 암자로 이어지는 들판의 좁은 길에서 시끄럽게 떠들고 있어 새벽녘에 꿈에서 깬 노승은 무슨 일이 일어났는지 궁금해 마을 사람들이 모여 있는 곳으로 가보니, 젊은이 한 사람이 오른 손에 뭔가 반짝반짝 빛나는 물건을 꽉 쥔 채로 들판에 쓰러져 괴로운 듯이 "용서해줘" 하고 외치면서 몸부림치며 괴로워하고 있었다.

노승은 이곳의 상황을 일견하고 모든 것을 이해했다. 지금 들판에 쓰러져 괴로워하고 있는 젊은이는 암자에 안치되어 있는 세 치 길이의 황금으로 만들어진 본존불에 욕심의 눈이 멀어, 어제 야반에 암자에 몰래 숨어들어가 훔쳤지만 부처의 벌이 얼마 도망가기 전에 금세 내려 들판에 쓰러져 괴로워하는 꼴이 된 것이다.

눈앞에서 이런 기이하고 상서로운 징조를 본 마을사람들은 새삼 노승의 높은 덕과 황금으로 만든 불상의 고마움에 기쁨의 눈물을 흘렸다. 이 사건이 있고 나서 부근의 사람들은 이 마을에서 저 마을로 사원 건립의 정재(淨財) 회사를 모집하여 마침내 암자를 중심으로 광대한 절이 세워져 이름을 중흥사(重興寺)라 붙였다. 기이하고 상서로운 징조를 보인 황금 불상은 후세 다시 마음보가 나쁜 사람이 나타나서는 곤란하다고 생각되어 땅 속 깊숙이 묻고 그 위에 석조 대불(大佛)을 건립했다.

지금은 시가지로 변했지만 기림리(箕林里)의 중앙, 서평양역 행의 전차선로의 남쪽에 약 10년 정도 전까지는 이 석조 대불이 남아 있었는데, 중흥사 터를 나타내는 것으로는 열 자가 넘는 깃대 지주가 2개 현장에 남아 있을 뿐이다.

돌로 만든 대불大佛

기생의 솥

이조 말 개성에 허(許)라고 하는 자가 살고 있었다. 집은 가난하고 그날그날 살기에도 힘든 지경이었지만, 늘 책을 읽어 서른에 고금 만권의 명저를 독파했다. 허씨는 이대로 가난한 생활을 하면서, 가업은 아내에게 맡겼다. 아내는 솜을 짜서 장날에 내다 팔아 겨우 쌀값을 벌어들이고 있었다. 어느 해 연말의 일이다. 가난의 구렁텅이에 떨어져 아내는 머리카락을 잘라서 내다팔아 정월 준비를 하며 남편에 대한 정절을 다했다.

아내의 이러한 고충을 알고 허씨는 좌시할 수 없어 아내의 성의로 장롱 바닥에 간직하고 있던 단 한 벌의 의복을 차려입고 일면식도 없는 개성 제일의 부호인 모씨를 방문하여,

"저는 10년간 역서(易書)를 읽고 바야흐로 이루어야 할 일이 있음

을 알고 당신을 찾아왔습니다. 나에게 흔쾌히 천금을 빌려주었으면
합니다."

하고, 제안했다.

부호는 이 미친 놈, 무슨 말을 하는 거냐 하고 마음속으로는 비웃
었지만 허씨의 얼굴을 자세히 들여다보니 비범한 용모가 보여 속는
셈치고 흔쾌히 천금을 내어 주었다. 허씨는 천금을 품속에 넣고 꽃
과 같은 기생이 사는 평양으로 갔다. 평양 성내에 들어가자 우선 세
명의 통행인을 붙잡아 평양 제일의 명기가 누구인지 묻자, 그 세 사
람은 예기치 않게 모두 정초운(鄭楚雲)이라고 대답했다.

그날부터 허씨는 기성(箕城) 제일의 명화(名花) 초운의 집을 방문
해 품속의 천금을 물 쓰듯 하며 방탕삼매의 날을 보냈다. 금세 그
돈이 없어지자 개성으로 돌아와 부호에게, 천금은 보시는 대로 평양
의 명화 초운을 위해 다 써버렸으니 다시 천금을 빌려달라고 당당하
게 제안했다. 부호는 현재 계림팔도에 이름이 알려져 있는 자신이
겨우 천금, 이천금으로 마음속을 간파당하면 체면이 말이 아니라 생
각해 다시 흔쾌히 천금을 주었다. 그런데 허씨는 한 달 만에 이 돈
도 전부 다 쓰고 세 번째로 부호에게 천금을 빌려 약 반년의 방탕생
활을 계속했다.

허씨는 돈이 완전히 다 떨어지자, 이번에는 정말로 적막하고 처량한 신세가 되어 우울한 표정으로 2, 3일 쓸쓸하게 보내고 있었는데, 여자는 남자의 돈이 다 떨어진 것을 알고 더 이상은 짜낼 게 없다고 생각해 슬슬 내쫓을 방책을 강구하기 시작했다.

허씨는 자신이 바라던 바라며 마음속으로 기뻐하며,

"나는 당신을 위해 결국 만금을 허비했으나 환심을 얻지 못하고 헤어지지 않으면 안 된다. 그러하니 추억을 위해 뭔가 당신의 소유물 중 하나를 주었으면 한다."

라고 초운에게 부탁하자 여자는, 당신이 좋아하는 물건을 뭐라도 좋으니 가지세요, 라고 대답했다.

허씨는 취사장 구석에 있던 새까만 솥을 받아 말 등에 싣고 개성으로 돌아와 부호에게 이것을 보였지만, 부호는 너무나 황당한 일에 놀라 여비 몇 푼을 주고 그를 개성에서 쫓아버렸다. 허씨는 아내와 솥을 가지고 평양으로 옮겨와 지붕 위에 솥을 장식하고 즐겁게 살고 있었다.

어느 해, 지나(支那)의 사절이 조선에 들어와 평양에 체재하던 중, 이 지붕의 솥을 발견하고 10만금을 주고 이것을 사서 본국인 지나로 보냈다.

이 솥은 진시황제가 동해로 불로불사의 약초를 찾아다녔을 때 그것을 이 솥에 볶아 영약을 만들었다고 하는데, 후일 일본으로 건너가 고니시 유키나가(小西行長)가 휴대했다가 평양에 체재하던 중 차실에서 사용하던 것을 평양 퇴각 때 잃어버리고 기생집에 전해진 것으로 이야기되고 있다.

오금동(烏金銅)은 적동(赤銅)이라고도 하고 또는 순금이었다고도 한다.

젊은 승려의 꿈

　모란대의 영명사는 창건 천 년의 오랜 역사를 가지고 평안북도 묘향산 보현사(普賢寺)와 더불어 조선 서쪽지역의 31본산(本山)의 하나로서 병칭(竝稱)되는 거대 사찰이었다. 지금은 겨우 그 모습을 남기고 있는 산문(山門)과 본당도 다이쇼(大正) 연간에 개축된 매우 새로운 것으로, 취송(翠松)으로 덮인 모란대를 따라 쓸쓸하게 보이는 모습이 지난 날 법등이 화려하게 빛났던 옛날을 회상하기에는 너무나 적적한 모습이다. 법등이 번창했던 날의 영명사는 모란대의 모든 산을 그 영역으로 하였고 붉은 칠을 한 전당누각의 찬연한 모습은 사람들의 눈을 높이 우러르게 해, 수백의 승려가 끊임없이 이곳에 행각하고 젊은 학승이 잠시 발걸음을 멈추는 수련도장이 되었다.

이조 초기에 영명사에서 발걸음을 멈추고 있던 젊은 승려 한 명이 있었다. 청절과 자비, 인종의 연마에도 덕이 부족했는지, 어느 날 산기슭의 노파에게 아내를 갖고 싶다며 소개를 부탁했다. 노파는,

　"제 친족의 딸로, 누군가 덕이 높은 승려의 아내가 되어 그 공덕으로 일족이 구천(九天)의 법열(法悅)을 받고 싶다고 염원하는 이가 있는데, 다만 집이 가난하여 돈을 주지 않으면 시집을 수가 없소."
라고 젊은 승려에게 말해주었다. 젊은 승려는 이 이야기를 듣고 기뻐서 신바람이 나 품에서 많은 황금을 내어주었다. 며칠 지나서 노파는 오늘 밤 자신의 집에 친족의 딸이 놀러 오니까 절의 만종 소리를 신호로 방문해 달라고 젊은 승려에게 알렸다. 젊은 승려는 저녁때 시작하는 경을 외는 것도 건성이고 해가 지기를 일각이 여삼추로 기다리고 있었다. 드디어 황혼이 찾아오는 것을 보고 산을 내려와 노파의 집을 향해 서둘러 갔다. 10년의 고행을 하룻밤에 버린 승려의 마음에는 이제 불심도 없으며 청렴한 승려의 모습도 사라지고 오로지 본능이 바라는 대로 적나라한 한 명의 인간일 뿐이었다.

　처마가 기운 노파의 집 일실에서 아름다운 처녀와 마주하여 술 향기에 진심으로 기뻐하는 승려에게 환락에 찬 인간의 피가 만신에 흐르고 있었다……파계한 젊은 승려의 볼에 문득 차가운 바람이 스쳐

잠에서 깨어나 보니, 실내는 칠흑같이 어둡고 저녁때부터 어느 정도 시간이 지났는지 알 수 없지만 밤도 상당히 깊은 듯해 소리 하나 들리지 않는 적막한 암흑세계가 몸 주변을 감싸고 있었다. 소리를 내어 노파를 부르자 옆방에서 황급한 발소리가 나고 하늘을 찌를 만큼 키가 큰 한 남자가 불전에 바치는 등잔걸이에 불이 켜진 것을 손에 들고 들어왔다. 너무 뜻밖의 일에 놀란 승려는 법등 불빛으로 조금 전까지 방에 있었던 처녀를 찾았는데, 이 또한 뜻밖에도 여자가 앉아 있던 곳에는 영명사 산문 옆에 있는 화강암으로 만들어진 개 조각상(高麗狗)● 이 차갑게 놓여 있었다. 이 모습에 기겁한 젊은 승려는 맨발로 방을 뛰쳐나와 절로 도망쳐 돌아갔는데, 산문의 석단 중간에 인왕(仁王)이 두 명, 법등을 손에 들고 파계승을 기다리고 있었다.

● 절 앞에 돌로 사자 비슷하게 조각해 놓은 개 조각상을 가리키는 것으로, 일본의 개 조각상은 고려에서 전해졌다고 한다.

그로부터 젊은 승려는 부처님의 벌이 얼마나 무서운지를 깊이 깨닫고 다시 10년의 고행을 쌓아 명승이라고 불려 영명사의 주지가 될 수 있었다고 한다. 이 이야기는 파계승의 개심을 원하는 동료 승려가 상의해서 짜낸 연극이었다고도, 또는 영명사의 기적이었다고도 전해지고 있다.

젊은 승려의 꿈

자장가

천지도 얼고 피부를 찌르는 바람이 몸을 에이는 듯한 아픔을 느끼게 하는 겨울, 대동강이 완전히 얼어 은빛 거울로 변할 무렵이 되자 강가의 몹시 황폐한 혹한의 살풍경 속에 아름다운 옷을 몸에 걸치고 불안한 걸음걸이로 미녀가 나타나 손에 어린 아이를 안고 있는 듯한 몸짓을 하며 슬픈 목소리로 자장가를 부르는 것이 부근 사람들의 가슴을 에이는 것처럼 쓸쓸하고 슬프게 들렸다. 이런 때에는 어느 집이든 온돌방 일실에 모인 가족은 쓸쓸한 눈을 마주보며 "김씨의 아내다."라고 작게 속삭였다.

고려조의 요승(妖僧) 묘청(妙淸)이 대화궁(大華宮)을 부산(斧山)에 짓고 얼마 지나지 않아 서산(西山)의 소산성(小山城)에서 멸망한 해의 일이었다. 전화의 중심지였던 평양은 주민 모두가 가족이며 귀중한 가재를 소나 말 등에 싣고 동쪽으로 북쪽으로 피난을 갔다. 그중 대동문(大同門) 근처에 살고 있던 젊은 김(金)씨 부부는 너무나 당황해 막 태어난 아이를 취사장 항아리 속에 감추고 자신들은 양친이 마중하러 올 것을 기다리고 있는 사이에 피난이 늦어졌다. 성 안은 싸움의 중심지가 되어 철포 소리와 화살이 바람을 헤치고 어지럽게 날고 있는 끔찍한 광경에 휩싸였고 밖의 거리는 말 탄 군인이 무서운 기세로 달리고 있었다.

묘청의 반군 중 일부가 필사적으로 대동문을 돌파하여 동쪽으로 활로를 찾으려고 김씨의 주거 부근에서 관병과 충돌하였다. 한창 이 소동이 벌어지는 가운데 남편인 김씨는 빗나간 화살에 맞아 죽고 반란군이 놓은 불로 인해 그 집은 전소되었다. 남편의 죽음으로 낙담한 젊은 아내는 자신이 입고 있던 옷에 불이 붙는 것도 아랑곳 하지 않고 불타고 있는 자신의 집 취사장에 뛰어 들어가 어린 아이를 숨겨둔 항아리를 끌어안고 꺼내려 했지만 힘에 부쳐 그 자리에 쓰러졌다. 전화는 이틀 만에 끝나고 김씨의 아내가 인근 사람들로부터 구출되었을 때 불쌍한 아이는 항아리 안에서 죽어 있었다. 미쳐버린 김씨의 아내는 그 후 2년 정도 지나 남편 뒤를 따라 죽었는데, 그

292

동안 비 내리는 날도 바람 부는 밤도 대동강이 얼어붙는 혹한에도
강가에 나와 자장가를 불러 세상 사람들은 슬프고 애처로운 눈으로
이를 보고 있었다.

괴승怪僧 묘청

수려한 용모를 갖추고 대동강 푸른 물에 떠 있는 모란대는 흡사
한 폭의 그림이다. 7당(堂) 가람(伽藍)의 단청이 아름다운 모습이 드
문드문 노송 사이로 보였다 안보였다 하는 대 사찰 영명사야말로 조
선 31 본산(本山) 중 제일이다. 창건은 천 년 전의 먼 옛날로 거슬러
올라간다. 법등(法燈)은 찬연히 빛나는 반도 신앙의 중심이 되었다.

어느 날 잔잔하게 나뭇가지 끝을 스치는 솔바람 소리를 들으면서
승려 한 사람이 몽전(夢殿) 툇마루에서 꾸벅꾸벅 선잠의 꿈을 탐하
고 있었다. 누군가 승려가 누워있는 옆으로 조용히 와서 꿈에서 깨
어나라고 부르는 소리에 선잠에서 일어난 승려는 툇마루 끝에 다가
오는 여인 한 명을 알아보았다. 여자는 웃으면서 "서경은 원래 왕검
(王儉) 기자(箕子)의 도읍지이다. 지금은 왕도(王都)를 저 먼 남쪽으

로 옮겨, 그로 인해 국위(國威)가 번성하지 못하니 지금 이곳으로 새롭게 천도(遷都)의 위업을 이루면 불교의 진흥, 일신의 영달이 곧 이루어질 것이다."고 고했다.

승려는 비몽사몽간에 이 말을 듣고 퍼뜩 감동하여 다시 여인의 모습을 찾았는데, 팔베개 자리에 높이 한 치 정도의 황금불이 쓰러져 있었다.

기이한 꿈이라면 꿈이었다. 그러나 베갯머리에 남은 길이 한 치의 황금불을 주워 손바닥에 쥐고 있는 것은 현실이다. 인종(忍從)과 청절(淸節)의 서른 수년을 부처님의 제자로 지내온 승려 묘청이 어느 해 어느 날 오수(午睡)의 선잠에 이런 꿈을 꾼 것만으로도 후세 그에게 요승(妖僧)이라는 이름이 붙여지는 인연이 된 것이다.

묘청은 검게 물들인 옷으로 몸을 감싸고 몇 번인가 여러 가지 생각에 헤매었지만 그 결과 여장도 하는 둥 마는 둥 곧장 송도(개성)로 서둘렀다. 말 등을 빌려 객지 잠을 거듭하던 묘청은 품속 깊숙이 간직한 황금불을 옷 위에서 손으로 만지며 영명사의 도량에서 홀로 마음에 그린 꿈을 떠올리고는 미소를 금하지 못하고 가슴이 자연스레 고동쳤다.

송도에 도착하여 의관을 반듯이 하고 인종(仁宗)을 알현하여, "신

296

등이 서경의 임원역(林原驛)을 보건데 이곳은 음양과 유가(儒家)의 이른바 대화(大華)의 기세가 있습니다. 전하께서는 궁궐을 세워 이곳으로 행차하시면 곧 천하를 병합할 것이며 전국은 찬성하여 스스로 다 내어놓고 36국이 신첩(臣妾)이 될 것입니다."고 아뢰었는데, 이 말이 곧바로 받아들여져 야망의 단초는 여기에서 발아되었다.

인종 6년 대동군(大同郡) 부산면(斧山面) 남궁리(南宮里)에 대화궁(大華宮)의 조영이 행해지고 뒤이어 7년에 완공되어, 마침내 그해 3월 인종이 신궁에 행차하여 건릉전(乾隆殿)에서 군신들의 하례를 받았다. 불교와 음양을 교묘히 연결 지은 정치에 대한 묘청의 야망은 마침내 인종 13년부터 머리를 쑥 쳐들고 8년 후에는 서경(평양)을 근거로 하여 모반을 일으켰다. 남쪽은 자비령을 차단하여 나라를 대위(大爲)라 칭하고 연호를 천개(天開)라 하여 스스로를 천건충의군(天建忠義軍)이라 불렀다.

야망—정권 파악, 왕위를 엿보는 궤도에서 벗어난 저돌적인 모습은 고려조의 원수(元帥) 김부식이 이끄는 토벌군으로 인해 서경성(西京城)이 포위되었다. 풀로 엮은 깃발을 세워 거짓 병사를 성벽에 늘어놓았으나 이 방어전도 하늘의 도움 없이 최후에 보통강(普通江) 강변의 적두산성(赤頭山城, 현재의 육군 묘지 부근)에 몰려 불쌍하

297

게도 괴멸했다.

대화궁터는 하나의 작은 산성을 형성하여 규모는 작지만 성벽은 단단하고 지금도 여전히 외궁, 내궁, 건룡전, 팔성전(八聖殿)이라 여겨지는 유적지가 있고 흙으로 만든 성채 네 면에는 잡목이 우거져 있다. 일찍이 괴승 묘청이 그린 모래 위의 누각 터야말로 그 발단은 영명사의 몽전에 있었다고 전해지고 있다.

황금종

고구려 19대 광개토왕 2년, 왕명을 받고 평양에 아홉 개의 사원이
건립되었다. 절은 모두 국위 신장과 오곡의 풍성을 기원하기 위해
창건되었다.

아홉 개 사원 중, 주암사(酒岩寺)는 그 중 규모가 가장 크고 금은
(金銀) 20만장이 들었다고 전해지고 있다. 경내가 넓고 산도 있고
냇가도 있으며 깨끗한 물은 솔바람과 조화하여 참배하는 사람들의
마음을 맑게 하였다. 주암사의 종루(鐘樓)에는 특히 평양성민들이
정재(淨財)를 희사하여 높이 8척의 황금종이 주조되어
아침저녁으로 울려 퍼졌는데, 그 소리는 옛날 기원정사
(祇園精舍) 의 종소리와도 닮았고 고구려 왕국 남쪽 국경
의 국내 20리 사방으로 울려 퍼졌다고 한다.

> • 옛날 인도의 수달 장자(須達
> 長者)가 석가의 설법 도량을
> 위해 지은 절로 석가 재세
> 에 있었던 5개 사원 중 하
> 나이다.

주암사의 황금종은 그 후 고구려의 평양성을 공격하는 적군이 가장 원하는 전리품의 하나로서 신라가 먼저 공격하고 백제도 밀려들었지만 용이하게 평양을 함락시키지는 못하였다. 수십만 냥의 가치로 평가되는 황금종이야말로 고구려 왕국을 위해 평양을 전화(戰禍)의 도시로 몰아넣은 화근이 되었다. 대동강 강가에 높이 쌓아올린 대 종루에 빛나는 황금종은 날씨가 좋은 날에는 아주 먼 곳에서도 반짝반짝 빛났다. 주암사의 주지 도림(道林)은 종으로 인해 국가에 화가 있을 것을 깊이 우려해, 어느 만추의 밤에 종루 아래에 장작더미를 산처럼 쌓아올려 여기에 불을 질렀다. 순식간에 들판을 건너 부는 찬바람이 불어 아주 짧은 순간에 불은 대 종루를 감싸 타올라 금세 누각 문이 황금종과 함께 대동강 안으로 불타 무너져 내려앉았다.

불이 다 탄 뒤에 도림 주지는 국왕에게, "인간계 죄악의 원천을 만드는 황금종은 항상 죄업을 낳고 악인이 노리는 바가 되어, 결국 어젯밤 도적이 놓은 불에 타버렸습니다. 재건은 부처님의 마음을 거스르는 것입니다."라고 상신하였다. 대동강 속으로 가라앉은 종은 유수(流水)에 몸통이 잠기어, 매년 대홍수와 더불어 강 위로 굴러 올라왔는데 지금은 미림(美林)의 부근, 고방산(高坊山) 깊은 강물에 가라앉아 있다고 한다.

승려 아도我道

고구려의 위세가 번창하지 않고 대륙의 압박을 받던 시대, 대륙에 조공을 바칠 때마다 가인 미녀가 함께 보내져 무수한 비극을 낳았다. 어느 때, 고구려의 수많은 직녀가 대륙으로 조공의 재물과 더불어 보내졌다. 그 중에 고도녕(高道寧)이라고 하는 평양의 부인이 있었다.

도녕은 대륙으로 건너간 다음 기구한 운명의 파도에 휩쓸리는 동안, 결국 위(魏)나라 사람인 아리마(我理摩)* 에게 시집을 가 남자 아이를 낳았다. 그는 아도라고 이름이 지어졌다. 도령부인은 자신의 기구한 운명으로 이국에서 일생을 보낼 수밖에 없는 것을 슬퍼해 불교에 귀의한 것을 인연으로 그를 다섯 살 때 출가시켜, 위나라의 명승 현창(玄彰) 주지 아래에서 득도 수학하도

• 아굴마(我堀摩)의 오식으로 보임

록 했다.

　아도가 19세였을 때, 어머니인 도녕부인은 고국이 그리운 나머지, 일부러 아도를 반도에 보내 고향 산하의 변천이며 태어난 토지 평양의 모습을 방문하도록 수련의 여행을 권유하였다. 아도가 여행에 나설 때 스승인 승려 현창은,

　"고구려는 아직 불교의 귀의가 두텁지 못하니 고향을 들른 뒤에는 신라로 가서 연고 있는 곳을 찾아가라. 삼천 여일이 지나면 성왕이 나타나 크게 불교를 일으킬 것이다."라고 훈계하였다. 아도는 어머니의 나라 평양을 방문하여 어머니가 아직 젊었을 무렵, 그 동그랗고 귀여운 눈동자로 바라보았을 모란대의 취송(翠松)이며 대동강 강물에 생각은 먼 위나라로 달려갔다. 아도는 어머니가 그리워하며 들려 준 기자(箕子)의 고도를 꼼꼼하게 구경하고 끝없이 이어지는 정을 편지에 담아, 무심한 유수(流水)여, 만약 내 효심에 호의를 갖는다면 이 편지를 파도에 실어 대륙으로 전해다오, 하고 염원하며 편지를 대동강 유수에 던졌다.

　아도가 어머니에 대한 편지를 대동강에 던진 장소는 지금의 부벽루(浮碧樓) 부근인데, 나중에 이것이 연고가 되어 영명사가 건립되었다고 전해지고 있다.

302

그리고 나서 승려 아도는 길을 남쪽으로 향해 경기도를 지나 여러 번의 간난을 무릅쓰고 신라의 수도 경주에 당도하여 보잘 것 없는 암자를 세웠는데, 이는 신라 말추왕(末雛王) 2년, 계미(癸未)년이었다.

승려 아도의 유사(遺事)가 고구려에 전해져 불교의 기이한 인연을 더듬어 평양에 그 덕을 상찬해 사찰 건립이 발원된 것이 안원왕(安原王, 고구려 23대) 때이고 그 칙원(勅願) 사찰이 바로 이 모란대의 영명사이다.

덧붙이면, 아도 주지의 유사는 신라 진흥왕 5년 갑자년에 경주에 비가 세워졌는데, 그 비의 모습은 지금도 여전히 그곳에 보존되어 있다.

발문 跋文

핫타 씨의 『전설의 평양』이 평양매일신문에 연재되었을 때 나는 열심히 읽는 애독자의 한 사람이었다. 완결된 후 어떻게 해서든 책 한 권으로 정리하면 어떨까 하는 생각을 나 혼자만 한 것은 아니었을 거라고 생각하는데, 때마침 작년 겨울이었던가 분큐도(文久堂) 주인 아다치(安達) 씨로부터 본서 출판의 상담을 받았기 때문에, 그때 도와드리겠다고 가볍게 떠맡은 것이다. 그 후 출판계의 정세가 변하면서 출판에 대해 여러 가지의 제약이 있어 자유롭게 출판할 수 없게 되어 하는 수 없이 실적을 가지고 있는 본 평양상공회의소에서 임시로 떠맡아 편찬과 인쇄를 한 것에 지나지 않는다. 지금 여기에 내가 요란에게 발문을 적는 것도 조심스럽다.

그러나 사정이 이와 같고, 또 본서가 비록 가벼운 읽을거리에 지나지 않지만 적어도 평양에 관한 것이라면 나는 때와 직무를 초월해서 우선 원조를 해야겠다고 생각하고, 출판에 대해서는 가능한 노력을 다해 지금 여기에 간행하게 된 것이다.

올해는 제국이 대륙 진전의 제 일보를 내딛었다. 그것도 우리 평양과 끊으려고 해도 끊이지 않는 청일전쟁이 마침 50년이 되어 본 평양상공회의소는 작년 이래로 『청일전쟁에 있어서의 평양』이라는 책자를 편찬 중에 있는데, 이도 가까운 시일 내에 간행되려는 참에 우선 본서를 세상에 내놓아 소위 '정(靜)'의 방면에서 본 평양의 모습이 반드시 '동(動)'에 대응하는 큰 힘이 될 수 있을 거라는 확신을 충분히 갖고 있다. 그리고 대동아전쟁 하 북방경제권의 중심이라고 자부하는 공업도시, 그리고 시와 역사의 도읍지인 우리 평양에 대한 인식을 조금이라도 많은 분들이 가질 수 있도록 된다면 저자는 물론이고 간행자로서도 이보다 나은 영광은 없을 것이다.

마지막으로 저자 핫타 씨가 웅건하고 밝은 유려한 문체를 구사해서 제 이, 제 삼의 『전설의 평양』을 저술할 것을 바라며, 우리 향토 평양을 위해 가일층 일해주실 것을 기원하면서 이 붓을 놓는다.

• 태평양전쟁 완수를 위해 매월 8일을 이 날로 정해놓고 전시체제 국민 동원 강화를 도모했음.

1943년 7월 8일 조칙봉대일(大詔奉戴日)

평양상공회의소에서

야기 도모히사(八木朝久)

저 자

핫타 미노루八田蒼明

공역자

김계자金季杼

고려대 일문과를 졸업하고, 동 대학원 일문과와 일본 도쿄대학 일본어일본문학과에서 각각 석사,
박사학위를 수여받았다. 현재 고려대학교 일본연구센터 HK연구교수로 재직 중이다. 주요 논저에
「번안에서 창작으로-구로이와 루이코의 『무참』-」(『일본학보』95, 2013.5), 『근대 일본의 '조선 붐'』
(공저, 역락, 2013), 『일본 프로문학지의 식민지 조선인 자료 선집』(역서, 문, 2012) 등이 있다.

정병호鄭炳浩

고려대 일문과를 졸업하고, 동 대학원 일문과와 일본 쓰쿠바대학 문예언어연구과에서 각각 석사,
박사학위를 수여받았다. 현재 고려대학교 일문과 교수로 재직 중이다. 주요 논저에 「〈메이지明治문
학사〉의 경계와 한반도 일본어 문학의 사정射程권—메이지시대 월경하는 재조在朝 일본인의 궤적과
그 문학적 표상」(『일본학보』95, 2013.5), 『동아시아문학의 실상과 허상』(공저, 제이앤씨, 2013), 『요
오꼬 · 아내와의 칩거』(역서, 창비, 2013) 등이 있다.

일본명작총서 **18**
식민지 일본어문학·문화시리즈 **14**

전설의 평양

초판 인쇄   2014년 3월 20일
초판 발행   2014년 3월 31일

저　　　자 | 핫타 미노루八田蒼明
공 역 자 | 김계자·정병호
펴 낸 이 | 하운근
펴 낸 곳 | 學古房

주　　　소 | 서울시 은평구 대조동 213-5 우편번호 122-843
전　　　화 | (02)353-9907 편집부(02)353-9908
팩　　　스 | (02)386-8308
홈페이지 | http://hakgobang.co.kr/
전자우편 | hakgobang@naver.com, hakgobang@chol.com
등록번호 | 제311-1994-000001호

ISBN　　978-89-6071-375-8　94830
　　　　978-89-6071-369-7　(세트)

값 : 15,000원